ハヤカワ文庫FT
〈FT596〉

硝子の魔術師

チャーリー・N・ホームバーグ
原島文世訳

早川書房
8127

THE GLASS MAGICIAN

by

Charlie N. Holmberg

This edition made possible under a license arrangement originating
with
Amazon Publishing, www.apub.com.
Translated by
Fumiyo Harashima
First published 2018 in Japan by
HAYAKAWA PUBLISHING, INC.
This book is published in Japan by
arrangement with
AMAZON CONTENT SERVICES LLC
through THE ENGLISH AGENCY (JAPAN) LTD.

誰よりも先にわたしのことを信じてくれた、
妹アレックスに捧ぐ

謝辞

この物語の実現に力をお借りし、お礼を申し上げたい方々は本当にたくさんいます。まず、ひとことも不満を漏らすことなくわたしが送りつけたものをすべて読み、この本やほかの本について延々としゃべりまくるのを聞いてくれた夫のジョーダン。熱心な読者たち――ジュリアーナ、ローレン、ローラ、ヘイリー、アンドルー、リンジー、ウィット、アレックス、そしてベカー――にも、心からありがとう。全員がこの物語をよりよいものにするのを助けてくれました。

もちろん、このシリーズが出版されるのを後押ししてくれたマリーンを忘れるわけにはいきません。すばらしいラインエディターのアンジェラ・ポリドーロに拍手を、47ノース・チームのたいへんな努力にキスを送るとともに、わたしの文章を受け入れられるものにしてくれた編集者のデイヴィッド・ポメリコとジェイソン・カークに感謝を伝えたいと思います。

そしていつも通り、すべての思いつきが生まれたこの脳を与えてくださった神に御礼申し上げます。

硝子の魔術師

登場人物

シオニー・トウィル…………紙の魔術師の実習生
エメリー・セイン……………紙の魔術師〈折り師〉、シオニーの師匠
アヴィオスキー師……………魔術師養成学院の校長、ガラスの魔術師〈玻璃師〉
ヒューズ師……………………刑事大臣、ゴムの魔術師〈練り師〉
デリラ・ベルジェ……………アヴィオスキー師の実習生
ラングストン…………………セインの昔の実習生、〈折り師〉
グラス・コバルト……………邪悪な魔術師
サラージ・プレンディ………グラスの仲間

第一章

晩夏のそよ風が台所のひらいた窓から漂ってきて、シオニーのケーキに立てた蠟燭《ろうそく》の上で二十個のちっぽけな炎をゆらゆらと躍らせた。誕生日ケーキを自分で焼くべきではないので、もちろんシオニーが作ったわけではない。とはいえ、料理上手で菓子作りはもっと得意な母の作品だ。ピンクのサクランボの糖衣をつけてジャムをつめたケーキは、間違いなくおいしいはずだった。

だが、両親と三人のきょうだいが誕生日を祝って歌っているとき、シオニーの心は手もとのデザートとパーティーからさまよっていった。たった三カ月前に魔術師エメリー・セインの未来を占ったとき、偶然の箱で視《み》た光景に焦点が絞られていく。日暮れどきの花咲く丘、クローバーの香り、緑の瞳を輝かせて隣に座っているエメリーと、近くで遊んでいるふたりの子ども。

三ヵ月たったが、あの幻は実現していない。子どもという問題もからんでいることだし、期待できるはずもなかったが、気配でもあればとシオニーは切望していた。エメリー——つまりセイン師——とは、実習生として配属され、その後エメリーの心臓を救出しているあいだに親しくなった。それでも、もっと親密な関係になりたくてたまらなかった。

誕生日の願いごとをどうしようかと考え込み、愛情にするべきか忍耐力にするべきかと悩む。

「ケーキに蠟《ろう》がたれてる！」二つ半年下の妹ジーナがテーブルの向かい側で叫んだ。足でとんとんと床を踏み、黒髪の短い房を顔から吹き払う。

十一歳の末っ子マーゴがシオニーの腰をつっついた。「願いごとを言って！」

深く息を吸い、花咲く丘と日没のあざやかな記憶にすがりながら身をかがめたシオニーは、三つ編みに火がつかないよう慎重に蠟燭を拭き消した。

十九本が消え、台所はほぼ真っ暗になった。シオニーはあわてて息を吹きかけ、ひとつだけ残った二十本目を消しながら、これが不運を導かないようにと祈った。

家族が拍手しているあいだに、ジーナが急いで台所の天井にさがっている電球をつけた。電球は三回ちらちらしてから破裂し、パーティーの参加者の上に砕けたガラスと暗闇が落ちてきた。

「うわ、最高」シオニーの唯一の弟である十三歳のマーシャルが愚痴をこぼす。その手がテーブルの上をすべる音が聞こえた。マッチを探しているか——あるいはひとあし先にケーキを盗み食いするつもりかもしれない。

「足もとに注意して！」母が声をあげた。

「わかったわかった」父が言い、戸棚の形をした影のほうへそろそろと進んだ。まもなく太い蠟燭をともし、それから引き出しをかきまわして予備の電球を探す。「うまくつくときには実に重宝なんだが」

「まあ」ガラスがケーキにかかっていないことを確認して、母が言った。「少しぐらい暗くても害があるわけじゃなし。ケーキを切りましょ！　よく気をつけて食べなさい、マーゴ」

「ようやくね」ジーナが溜め息をつく。

「ありがとう」誕生日ケーキを慣れた手さばきで三角形に切り分けて渡してくれた母に、シオニーは言った。「本当にうれしいの」

「いくつになったってケーキぐらいあげますよ」母はまるでたしなめるかのように答え

た。「魔術師の実習生ならなおさらね」誇らしげににっこりする。

「おれになにか作ってくれた？」マーシャルがシオニーの実習生用の赤いエプロンのポケットを見やってたずねた。「この前の前の手紙で約束しただろ、憶えてる？」

シオニーはうなずいた。ケーキを一口かじってから皿をおろし、せまい居間にひっこむ。壁の錆びたフックにはハンドバッグがかけてあった。昂奮してついてくるマーシャルのあとにマーゴが続く。

シオニーはハンドバッグから折りたたんだ紫の紙片をひっぱりだし、おなじみのかすかなうずきを指に感じた。紙を壁に押しつけ、魔術が効くよう注意深く端を合わせながら、仕上げに二、三回折って蝙蝠《コウモリ》の翼と耳を作るのをマーシャルが見守る。それから、シオニーは蝙蝠の腹を手で持って命じた。「息吹《いぶ》け」

紙の蝙蝠は背をまるめると、翼についた小さな紙の鉤《かぎ》を使って手のひらの上に身を起こした。

「すげえ！」マーシャルが大声をあげ、蝙蝠が飛び去る前につかんだ。

「気をつけて扱ってよ！」裏の廊下に駆け出し、ジーナやマーゴと一緒に使っている部屋へ走っていった弟にシオニーは呼びかけた。

またハンドバッグに手を入れ、片側が尖っているありふれた長いしおりをとりだす。

それをジーナに渡した。

妹は片眉をあげた。「ふうん、これはなに？」

「しおりよ」シオニーは説明した。「ただこれに読んでる本の題名を伝えて、ベッドの脇のテーブルに置いておけばいいの。そうすれば、いまどこのページか勝手に教えてくれるから」小さな四角い紙が重ねてあるしおりの中央を指さす。「ここにわたしの字でページ数が出てくるの。スケッチブックでも効くはずよ」

ジーナは鼻を鳴らした。「変なの。ありがと」

マーゴが顎の下で両手を握った。「あたしは？」

シオニーはにっこりして、マーゴの自分と同じオレンジ色の髪をなでた。ハンドバッグの脇ポケットから小さな紙のチューリップを出す。茎は緑の紙でできており、六枚の花びらは赤と黄色の紙を交互に使って端を重ねてある。

花を渡されてマーゴはあんぐりと口をあけた。

「窓に飾ってみて、そうすれば朝には本物の花みたいにひらくから」シオニーは言った。「でも、水はやらないでね！」

マーゴは昂奮した様子でうなずくと、ガラス細工でも持つようにチューリップをかかえ、マーシャルのあとを追って寝室へ行った。

自分たちの部屋に戻ったマーシャルとマーゴが新しい術で遊んでいるあいだ、シオニーは居間に腰かけて両親とケーキを食べた。ジーナはパーラメントスクエアへデートに出かけた。実習生になるとき置いていかざるを得なかったジャックラッセルテリアのビジーがのんびりと足もとにまるくなり、ときおり頭をあげてはケーキのくずをほしがった。

「まあ」二切れ目を食べ終わった母が言った。「うまく行きそうじゃないの。セイン先生はすごくいい先生みたいね」

「そうなの」シオニーは答え、薄暗い明かりが赤くなった頰を隠してくれるよう願った。皿を床に置いてビジーになめさせてやる。

父が両手で膝を叩いて長い吐息を洩らした。「すごくいい人」「さて、あまり遅くならないうちに戻れるよう、車を呼んだほうがいいだろうな」窓の外の夜空を見やる。それから立ちあがり、抱きしめようと腕を広げた。

シオニーはぱっと立って、まず父、続いて母を固く抱きしめた。「またすぐくるから」と約束する。道がすいていてもエメリーの家からホワイトチャペルズ・ミルスクワッツまでは一時間ちょっとかかるので、望むほど頻繁に立ち寄ってはいなかった。エメリーの紙飛行機なら十五分で行けるに違いないと思ったが、まだ世間はそんな奇行を受け入れる段階ではないと主張されたのだ。

　父がタクシーを呼び、シオニーは料金を払うと言い張った。まもなくエンジンの音を響かせて自動車の後部座席に腰かけ、街の建物をぬって蛇行する玉石の道路を走っていた。道沿いには共同住宅がぎゅうづめになって並んでいる。郵便局と食料雑貨店を通りすぎ、子どもの公園のほうへまがり、静まりつつある街からまがりくねって出ていく道筋をたどった。まもなく乗った車の光が道路の唯一の明かりになった。ひらいた窓から外をながめ、エメリーの家に近づくにつれて数を増していく星を見あげる。ロンドンから出ていく道をふちどっている丈《たけ》の高い草の陰で、見えないコオロギが鳴いた。並行して流れる川が泡立ちながら岸辺を洗っている。

　車が止まったとき、鼓動が少しだけ速くなった。支払いを済ませてタクシーからおり、家を取り巻く威嚇の術を通り抜ける。こぢんまりした家を、窓が壊れて屋根板が落ちた荒れ放題の大邸宅に見せかけている術だ。柵の向こうの家は落ちついた黄色い煉瓦《れんが》造りの三階建てだった。周囲の庭には色あざやかな紙の花が並んでいるが、夜なので蕾《つぼみ》が閉じている。図書室の窓に明かりがついていた。魔術師内閣から〝建築における魔術物質〟会議に出席するようにと要請があり、エメリーは今週ずっと留守だった。シオニーは急いでスカートをなでつけ、毛先がはみだしていないよう髪を編み直した。

鍵をまわしおわらないうちに、紙の足がドアの後ろではねまわる音がした。中に入るとフェンネルが腕にとびこんできて、紙の尻尾をふり、かさかさした吠え声をたてた。乾いた紙の舌がシオニーの顎の下をなめる。

シオニーは笑った。「まる一日も出かけてなかったのに、おばかさん」と言い、紙の耳をかいてやってから床に戻す。フェンネルは二回小さく円を描いて走ると、廊下のつきあたりに積み重なった紙の骨にとびのった。その骨に術がかかったときには、ようやく慣れてきたエメリーの骸骨執事ジョントの体になる。もっとも、ベッドの頭板の埃を払う紙の骸骨に起こされるという日常は、ドアに鍵をかけはじめる動機として充分だった。

「やさしくね」ジョントの大腿骨をかじりはじめたフェンネルに警告する。さいわい紙の歯はほとんど骨に傷をつけない。シオニーは骨の山の横を通り抜け、台所の明かりをつけた。簡素な部屋の右側には小さなコンロがあり、左側には馬蹄形に戸棚が並んでいる。その奥に裏口と冷蔵庫があった。流しに汚れた皿は見あたらない。エメリーはもう食べたのだろうか？

念のためなにか用意しようかと思ったが、目の端に食堂でひらめいた色が映った。テーブルの上に、赤い紙の薔薇をびっしり挿した木製の花瓶が載っている。本物に見えるほど精巧な折り目だった。シオニーはゆっくりと近づいて片手をさしのべ、繊細な花びらにさわった。エメリーの手持ちの中でいちばん薄い紙で折ってある。複雑なシダめいた葉とまるみを帯びた棘《とげ》までついていた。

花瓶の脇には、紙のビーズと螺旋状にきっちり巻いた紙でできた楕円形の髪留めが置いてあった。紙がまがらないようにエナメルペイントが塗ってある。シオニーは髪留めをとりあげ、親指で装飾をなでた。これほど精緻なものを作るには何時間もかかるだろう。薔薇のほうは言うまでもない。

薔薇。シオニーは花束の中心から小さな四角い紙をひっぱりだした。「誕生日おめでとう」とエメリーの完璧な筆記体で書いてある。

胸がどきどきした。

シオニーは耳の後ろに髪留めをつけ、四角い紙が皺にならないようハンドバッグの脇ポケットにすべりこませた。二階への階段を上りながら頬をつねり、ブラウスを整えて裾をたくしこむ。図書室の電灯が廊下の硬材の床にななめの長方形を描いていた。

エメリーはこちらに背を向け、書物の並ぶ部屋の奥にある机の前に座っていた。片肘をついて、波打つ黒髪の房に指をからめている。もう一方の手はひときわ古そうな本のページをめくっていたが、どの本なのかはわからなかった。長い灰緑色のコートが椅子の背にかかっている。エメリーは虹のそれぞれの色の長いコートを持っていて、真夏でさえ羽織っているのだ。ただし猛烈に暑かった七月二十四日だけは別で、その日は藍色のコートを窓からほうりだし、雪嵐が起こせるほど大量の紙吹雪を折って過ごした。その名残はまだときおり、冷蔵庫と調理台のあいだにはさまっていたり、フェンネルの犬用の寝床の下にくしゃくしゃの山になって集められていたりして見つかった。

シオニーは右手のげんこつでドアの枠を叩いた。エメリーがはっとふりかえる。本当に家に入ってきた音に気づいていなかったのだろうか。

くたびれた様子だったが――いま家にいるということは、一日じゅう移動していたに違いない――その緑の瞳はまだ明るく燃えていた。「きみの姿は疲れた目の保養になるな。今週はひたすら硬い椅子に座って、もったいぶったイングランド人と話していただけだった」眉をひそめる。「それに、きみのおかげでちょっとした美食家になってしまったようだ」

シオニーはにっこりした、あんなに強く頬をつねらなければよかったと思っていることに気づく。首をめぐらして髪留めを見せた。「どう思う？」

エメリーの表情がやわらいだ。

シオニーはあきれた顔をしてみせた。「よく似合う。われながらいい仕事をしたな」「本当に謙虚なんだから。でも、これをありがとう。花束も」

エメリーはうなずいた。「だが、きみの勉強は一週間遅れたな」

「二カ月進んでるって言ってたのに！」シオニーは眉をひそめた。

「一週間遅れた」まるでこちらの台詞《せりふ》など耳にしなかったかのように繰り返す。本当に聞かなかったのかもしれない。エメリー・セインという人は、自分に都合のいい話だけ聞く才能があるのだ。「折り術の根源を学ぶのがいちばんだろうと結論を出した」

「木のこと？」シオニーは親指で髪留めをさわりながらたずねた。

「まあそうだ」とエメリー。「ここから少し東に行ったダートフォードに紙工場がある。魔術素材の部門さえあるほどだ、別にそれが重要というわけではないが。あさってそこの見学に参加するようにとパトリスから連絡があった」

シオニーはうなずいた。たしかにその件でアヴィオスキー師から電信がきた。

「そこで始めよう。実にわくわくする場所だからな」エメリーはくっくっと笑った。

シオニーは溜め息をついた。つまり退屈するに違いない。意外ではなかった。紙工場にどれだけおもしろいことを期待できる？

「その日の朝八時にタクシーに乗っていこう」紙の魔術師は続けた。「だから早く起きなければならないぞ。よかったらジョントに――」

「いいわ、自分で起きるから」シオニーは言い張った。廊下のほうへ戻りかけて足を止める。「もう食べたの？　おなかが空いてるならなにか作ってもいいけど」

エメリーは口もとより目もとをなごませてほほえみかけてきた。そんなふうに笑うときがシオニーは大好きだった。

「大丈夫だ」という返事だった。「だが、ありがとう。よく寝たまえ、シオニー」

「そっちもね。あんまり遅くまで起きてないで」

エメリーは読書に戻った。シオニーはもう少しだけ見つめていてから、寝る支度をしに行った。

ベッドの脇のテーブルに薔薇を飾り、眠りに落ちる。

第二章

朝食にイチゴとクリームを添えたクレープを焼いたあと、シオニーは二階に戻り、部屋が暑くなりすぎないように寝室のドアと窓をあけた。しばらくフェンネルにまるめた靴下を投げてとってこさせる遊びをしてから、エメリーが会議に行く前に出していった課題の術に戻る——自分をかたどった紙人形だ。

紙人形は作りにくいことがわかった。抽象的な構想のせいではなく、第一段階で別の誰かの手助けが必要だったからだ。なにしろ自分の輪郭を上手に紙に写すことが難しい。エメリーが不在で、ジョントには鉛筆をしっかり持つことができないので、シオニーはアヴィオスキー師に電信を打ち、ガラスの魔術師の実習生のデリラ・ベルジェに手伝ってもらえないかと頼んだ。シオニーより一つ年上のデリラは、タジス・プラフ魔術師養成学院を卒業するのにシオニーが一年かけたところを二年間かけたので、時期が重なっていたのだ。アヴィオスキー師のせいで多忙をきわめているらしく、姿を描いてもらったのは誕生日の前の晩だった。

いまシオニーは、二年前に精錬師から買った鋏《はさみ》を持って寝室の床に腰をおろしていた。一組の刃はなんでも切り裂き、決して鈍ることがない。シオニーは一瞬刃をながめてから、正面を向いた自分を描いた細長い紙に鋏を入れた。かつて夢見たように精錬師になっていたら、いまごろはこの術の仕組みも知っていただろう。だからといって、エメリーの実習生になるという決定を後悔しているわけではなかった。自分で下した決定であろうとなかろうと。

輪郭を切り抜くには時間がかかった。一ヵ所でも切り間違えたら術がだめになると警告されていたし、また最初からやり直したくはなかったからだ。なんとか左足を切り取り、左の膝にかかったとき、エメリーが藍色のコートを脛《すね》のあたりになびかせて戸口に現れた。

シオニーは慎重に鋏をひっこめてから注意を向けた。エメリーの瞳は愉快そうにきらめいている。なにかこちらがおかしなことでもしたのだろうか？

「今日の最初の授業では、トランプのいかさまを教えることに決めた」エメリーは宣言した。

シオニーは鋏を落とした。「やっぱりずるをしてたのね！」

「ご明察だが、まだ足りないな」紙の魔術師は答え、人差し指で側頭部を叩いた。「やり方を説明できるなら別だが」

「検索術の一種？」

相手はほほえんだ。「その一種だ。きなさい」片手で招く。

シオニーは紙人形を踏みにじられないようフェンネルの腹をつかみ、エメリーのあとから廊下に出た。扉をしっかりと閉じ、犬をおろす。フェンネルは床板を嗅いでから、浴室になにかおもしろそうなものを見つけて姿を消した。

図書室で、エメリーはそれぞれ色と厚みの違う紙の山が整然と並んだ机の脇に腰をおろした。折り板を正面に置き、コートの内ポケットから普通のトランプを一組とりだす。シオニーは向かいに座った——たいていの授業でその位置につくのだ。エメリーがかなり慣れた様子で札を切っているのを見て、折り師になる前はどんな職についていたのだろうと考える。心臓の内部を通り抜けたときに秘密が明かされなかった以上、訊かないのがいちばんだと結論を出した。

「前に教えた書類検索の術を憶えているだろう？」と訊かれる。

憶えていた。望もうが望むまいが、人生で起こったことはほぼすべて思い出せるのだ。写真のように正確な記憶力は、おおむねありがたい才能だった。検索術を教わったのは、心臓を失ったエメリーが回復した次の日のことだ――エメリーと名前で呼びはじめたのと同じ日だった。

シオニーはその授業を繰り返した。「対象とする紙と物理的な接触があれば、〝並べ替えよ〟という命令を使えるので、続いて探している文章の条件を逐一挙げていくこと」

タジス・プラフ魔術師養成学院で中間試験の勉強をしているときに知っていたら、きっと便利だっただろう。

「その通り」エメリーはうなずいて言った。「トランプをしている場合も――手を加えられた札でないかぎり――まったく同じことができる。また、札に名前ではなく身振りを割り当てることも可能だ。そうすれば、ゲーム中に身振りで呼び出すことができる。やってみせよう」

確実に一枚一枚手をふれるためか、トランプを扇状に広げて命じる。「並べ替えよ、ダイヤのキング」最上部のトランプの一枚が組から手もとへ引き寄せられた。エメリーはもう一方の手でそれを引き抜き、ダイヤのキングであることがわかるよう表に向けてみせた。

それから裏返してシオニーから遠ざけ、キング自体に話しかけているかのように「再度並べ替えよ、身振り」と言うと、鼻の右側を一回叩いた。ダイヤのキングを組に戻して札を切り、ポーカーをしているようにシオニーと自分に五枚ずつ配る。火曜日の晩はたいてい、七時十五分からふたりでポーカーをする習慣がついていた。

「さて」エメリーは札を持って言った。「『並べ替えよ』と小声でつぶやくか、カードに聞こえる場所で言いさえすれば、鼻を叩いてダイヤのキングに合図できる。通常はゲームがおこなわれている部屋に入る前に言葉を口にしておくほうがいい。しかし、気をつけたまえ。盗もうとしている札のそれぞれに『並べ替えよ』という命令を繰り返す必要があるぞ」

咳払いして――その動きにまぎれて〝並べ替えよ〟という言葉が聞こえた気がした――鼻の脇を叩く。ダイヤのキングが組から舞いあがり、待ち受けていたエメリーの手にすっぽりとおさまった。

「すごいペテン師ね」と言ったものの、シオニーはついにやにやしてしまった。次にトランプでハーツ（特定のカードを取ってしまうと負けになるババ抜きに似たトランプのゲーム）をしたときこの技を使ったら、ジーナがさぞかし怒るだろう！

「自分の行動をごまかすには、札を切ったり配ったりしているときがいちばんやりやすい」エメリーは説明した。「または台所の料理に敵が気をとられているときだな」

シオニーは抗議しようと口をひらいたものの、結局閉じ、非難のまなざしを投げた。先週の火曜日、シナモンロールが天火に入っていたときのゲームでは、たしかにエメリーが勝った。こちらは焦げるのを心配していたのだ。だからエメリーは、金額がいくらでもシオニーが負けた分をとろうとしないのかもしれない。ずるすぎる。

「一組全体に術をかけるにはどうするの？」とたずねる。

相手の瞳にふたたび愉快そうな光がともった。「それは別の日に教えよう。一度に手の内をすべて明かすわけにはいかないからな」トランプを渡され、シオニーは術をためしてみた。ただしスペードのクイーンでだ。三つ編みをさっとひっぱると一度目で札が飛んできたので、ほっとした。

「さて、次回はどちらがトランプで勝つかな」エメリーがくっくっと笑いながら言った。札を集めてコートの内側に戻す。次の術のために立ちあがると、八・五×十一インチで中くらいの厚さの白紙を二枚ひっぱりだし、折り板に乗せた。床に座ったとき、しばらく目が合ったが、内心は読めなかった。このところエメリーは気持ちを隠すのがうまくなっている。

「波紋の術を教えるつもりだが、これは急ぐわけにはいかない術だ」と説明し、手に持った長方形の紙に視線を落とす。「紙の厚さが術に影響を与える——紙が厚いほど波紋は強くなる」

「なんの波紋？」シオニーは眉間に皺を寄せてたずねた。「波紋の術なんて読んだことがないけど」

エメリーは得意げな笑みを浮かべ、正方形折りをした――ひらいて余分な紙を切り落とすと正方形になる三角折りだ。回転カッターで余分な紙切れを切り取り、折った三角形を二重三角折りにしてさらに小さい左右対称の三角形を作る。

「余分な部分を切り取るのは必要だ」と説明する。「正方形の紙で折りはじめないように。定規をとってもらえるか？」

シオニーは机のいちばん上の引き出しからさっと定規をとりだした。閉めるときに中で鉛筆が数本転がるのが聞こえ、エメリーが眉をひそめる。今日図書室を出る前に、きっとこの引き出しを整理しなおすに違いない。ものを溜め込むのが好きなたちのわりに、持ち物を完璧に整頓しておきたがるのだ。ともかく本人にとっては完璧に。

エメリーは定規を紙にあてて幅を測ったあと、長辺にあてがった。「八分の五インチがこの魔術の数字だ。憶えておくように」と言う。その線で回転カッターを動かしたものの、三角形の底辺をすっかり切り取る寸前で止める。それから紙を裏返してまた測り、その線の八分の五インチ上を裏側から切った。

「縫い物のときみたいね」その手の動きを見守りながらシオニーは言った。切る箇所は全部思い出せるとしても、自分でやったらこの術の準備にはずっと時間がかかるはずだ。どうやってこんなに手早く測れるのだろう？

「そうか？」エメリーはたずね、ちらりとこちらを見あげてからもう一度三角形をひっくり返して三番目の切れ込みを入れた。さらに二回切ると、均一の切れ込みが入った三角形ができあがる。

それを注意深くひらくと、あちこち切れた一枚の正方形になった。中心をつまんで紙を持ちあげる。シオニーはためつすがめつ見た——まるで何層にもなった幾何学的な形のクラゲだ。ほかの表現が見つからない。

エメリーが立ちあがったので、同じように立った。

「これは私が……当局を補佐するとき、後ろポケットに入れておくものだ」エメリーは言った。禁じられた血の魔術の使い手である切除師たちを追跡する仕事のことなら、シオニーはもちろん知っていた。だが、本人がどうしても話したがらない事柄というものはある。「注意をそらしたり、嫌いな相手に頭痛を与えたりするのに使える」

エメリーは前方に腕をのばして「波立て」と命じた。それから紙細工をすばやく上下に動かしたので、いっそうクラゲっぽく見えた。

術がぼやけ、同時にまわりの図書室もゆらいだ。シオニーは目をしばたたき、視界をはっきりさせようとしたが、池の中央に石を投げ入れたように、空気そのものが紙のクラゲから波打って広がるように見えた。床がかたむき、本棚がうねる。天井がねじれ、家具が泳いでいるようだ。シオニー自身の体さえ前へ後ろへ、前へ後ろへとゆれる——めまいに襲われて頭がくらくらした。椅子か机をつかもうと手をのばしたが、さわりそこねてよろめいた。

エメリーが横に踏み出し、片腕でしっかりと肩を抱いて支えてくれた。術が下に落ちると、図書室はふたたびまっすぐに安定し、元通りになった。

「座ったままでいるようにと注意しておくべきだった」エメリーは申し訳なさそうに言った。

シオニーはかぶりをふって体を立て直した。「いいえ……すごく、ええと、便利な術ね」

視野が普通に戻ると、肩をつかんだエメリーの手を猛烈に意識してしまった。必死で赤くなるなと念じたにもかかわらず、頰が燃えるように熱くなる。

体勢が戻ったあとも、肩にまわった腕はつかの間そのまま動かなかった。離すのをためらっているようだ。倒れるかもしれないと心配しているのだろうか？

エメリーは咳払いして後頭部をさすった。「機会があるときこれを練習してみるといい。最初はもっと薄い紙のほうがいいかもしれないな、ふむ？」戸口を見やり、それから転がった鉛筆が入っている机の引き出しに視線を移した。シオニーの脇をまわっていき、乱れた引き出しの中身を整頓しはじめる。「むろん紙人形もだ。そうすれば明日の見学まで無駄なく過ごせるだろう」

シオニーはほてった肌に気づかれていないようにと祈りつつ、深く息を吸い込んだ。「そうでしょうね。まず紙人形の作業を終わらせるわ。あっちのほうがいくらかましだから」

エメリーはうなずき、シオニーは図書室を出た。

戸口を細くあけたまま、自分の部屋の床にまた腰を落ちつける。だが、魔法の鋏をとりあげて紙人形にあてたとき、手を安定させておくのがとても難しいことに気づいた。

第三章

翌日はジョントの手助けなしで早起きしたが、着替えたあとで寝室の外をうろうろしている紙の骸骨を見つけ、起こしにきたのではないかと疑った。ベージュのブラウスと紺のスカートの上に実習生の赤いエプロンをつけ、髪は首筋にまとめてピンで留める。そこなら正装のシルクハットで乱れることもない。タクシーが家の前に止まったのは、余裕をもって卵焼きのサンドイッチをふたつ準備し、フェンネルの寝床をふくらませたあとだった。鎧戸の壊れた暗い屋敷に鋭い目の鴉《カラス》が群がる幻影を見て、運転手は用心深い目つきになった。きっと新人に違いない。

エメリーが姿を現したのは、車が警笛を鳴らしてからだった。やや目が充血している。「もっと早く寝たほうがよかったのに」エメリーが家に鍵をかけているとき、シオニーは意見を述べた。「どうして夜更かししたの？」

「考えごとをしていただけだ」あくびをかみ殺しながら答えが返ってくる。

エメリーはちらりとこちらをながめ、一拍おいてにっこりした。「前にも言ったが、秘密をすべて明かすわけにはいかない」

シオニーはあきれた顔をしてみせてから車に急いだ。「考えごとなら日中いくらでもする時間があるのに」

「どんなこと？」

エメリーはもう一度微笑しただけで車に乗るのを手伝ってくれた。居心地よく車内におさまると、シオニーはサンドイッチを渡した。まったく、アヴィオスキー師からシオニーの指導役に指定されなかったら、この人はいまごろ飢え死にしていたに違いない。

エメリーが最初の一口をかじったとき、シオニーはそう言い渡した。

「きみがいなければずいぶん多くのものごとが違っていただろうな、間違いなく」という返事だった。

隠れた意味があるのかと頭をひねってみたが、答えは出なかった。洞察力が足りないのかもしれない。そういうことに使える術があるだろうか。

ダートフォードに到着するまでには二時間かかった。シオニーの父が今度地方の水処理工場で働きはじめたという話から、蜜蜂の交尾の習性に至るまで、ふたりは十一もの話題をとりあげた。ダートフォードに行くのははじめてだった。街に近づくと、シオニーは窓から外をながめ、大きな工業都市の光景に見入った。ほぼどの通りも両側にせまい家や共同住宅がぎっしりとつめこまれ、街の周縁にはさまざまな工場や倉庫、まばらな木々が並んでいる。ダートフォードにはとても幅の広い川も流れており、港もあった。車が長い吊り橋を渡っているとき、シオニーは前にかがみこんで目をつぶり、この下に延々と水が広がっているという考えをすっかり締め出そうとつとめた。エメリーが安心させようと背中に片手を置いてくれ、堅い地面に戻ってからもそのままにしていた。シオニーはなにも言わず、指のかすかなぬくもりを楽しんだ。

運転手は玉石を敷いた大きな広場にタクシーを乗り入れ、たくさんの自動車と、馬につながれていない四輪馬車が並んでいる中の空いた場所に車を止めた。外に出て紙工場を探したものの、見えるのは共同住宅と肉屋、本屋、可塑術——プラスチックの魔法——工房、それになにか外国の食物を売っている店だけだった。首都にある似たような建物より小さくて地味な色合いだ。一階建てより高いのは銀行の建物だけだった。

そよ風が吹き抜け、うなじの毛が逆立った。シオニーはふりかえって背後のせまい通りを見渡したが、仕事に向かう実業家たちと、近くの街にいる別の折り師が術をかけた郵便鳥の一群が飛んでいるだけだった。おかしい——一瞬はっきりと見られているという感覚があったのに。

「工場はどこ？」エメリーが運転手に料金を払い、広場へ向かって歩き出してから、シオニーはたずねた。

「東側にある」エメリーは答えた。前方に顎をしゃくり、広場に駐車している色あせた赤の小型バスを示す。「送迎バスで行きなさい」

シオニーはためらった。「わたしだけ？」

エメリーはほほえみ、緑の瞳にいたずらっぽい色がひらめいた。「かなり退屈な見学だし、あそこはにおいもひどいときている。私は今回遠慮しておこう」

シオニーは眉をひそめた。「その言い方じゃ、ずいぶん楽しそうね。それについて本を読んで見学を省くわけにはいかないの？」

「シオニー、シオニー」とエメリー。「木のチップとパルプにどんな驚くべき事柄がひそんでいるか、きみはまだ知らない。試験があるはずだぞ。この見学は折り師の必修単位として教育委員会が定めているものだ——ほかの者にとっては選択単位だが。言ったように、アヴィオスキー先生がきみの参加をはっきりと要請してきた」

シオニーはシルクハットを一段と深くひきさげた。「あなたみたいな人は、天国に特別な場所が用意されてるんだから」

エメリーは笑い声をたて、片手でシオニーの肩を叩いた。

「シオニー！」聞き覚えのある声が呼びかけてきた。バスのほうを見ると、アヴィオスキー師の実習生デリラが足早に近づいてくるところだった。エメリーはすばやくシオニーの肩から手を引いて脇によけ、女ふたりは挨拶を交わした。

デリラはシオニーの腕をつかみ、いつもするように両頰にキス——フランス人のビズ——をした。お堅い師匠とはまさに正反対なのだ。アヴィオスキー師がかなり厳格で堅苦しい態度なのに対し、デリラは内側も外側もふわふわしていて、完璧な楕円形の顔からは微笑が消えたためしがなかった。陽光のような金髪を短めに切って巻き、実習生のエプロンの下に空色のサンドレスを着ている。シオニーも背が高いほうではないが、デリラはたっぷり二インチ低かった。

「ここでなにしてるの？」シオニーは目の端でアヴィオスキー師がエメリーに近づくのを捉えながらたずねた。「あなたはガラスを勉強してるのに！」

「アヴィオスキー先生が、全部の物質をよく知ってるほうがいいからって」デリラはわずかにフランス語なまりのある調子で言った。鈴の音を思わせる声だ。「あなたがくるだろうって言われたの。気にしないでしょ？」

シオニーは笑った。「どうしてわたしが気にするの？　でも、人数はそんなに多くなさそうね」

実際、アヴィオスキー師とセイン師とバスの運転手をのぞくと、バスのそばに集まったのはほかに実習生三人だけだった――全員男で、それぞれエプロンのかわりに赤い長めのベストを身につけている。そのうちふたりは一緒に卒業した同級生だった。短い鼻に縁なし眼鏡を乗せているずんぐりしたジョージと、学院で黒い巻き毛や褐色の肌がいつも同級生の女の子たちの注目を集めていたドーヴァーだ。タジス・プラフを卒業するのに三年もかかったのはその人気のせいではないかとシオニーは疑っていた。

デリラはシオニーの手をとってバスのほうへひっぱっていった。三人の男子全員に挨拶し、シオニーがまだ会ったことのないひとりに紹介してくれる。ひょろりと背の高い青年は、エメリーと中等学校で一緒だったプリット――エメリーにいじめられていた折り師志願の少年――を思い起こさせたが、こちらは火の魔術師である念火師だった。

デリラはまるで睦言《むつごと》のようにドーヴァーの名前をささやいたが、相手は気にしていないようだった。ドーヴァーとジョージも自分と同様に紙に割り当てられていたと知って、シオニーは驚いた。ジョージはあきらかにまだ折り合いをつけていないようだった。

「なんて時間の無駄だ」とぶつぶつ言い、バスによりかかって胸もとでゆるく腕を組む。

「みんなでお手々をつないでおとなしくしてたら、このばかげた見学の最後にご褒美の飴玉でももらえるかもしれないな」

「あなたにはすっぱい飴ね」とからかってから、シオニーは自分の台詞に赤くなった。あまりにも長くエメリーの身近で過ごしているせいだ。ジョージににらまれたことでいっそうその思いが強くなる。もっとも、ドーヴァーは顔をそむけて笑いを隠していた。

「きっとすごいわよ」シオニーの右腕にぶらさがったデリラが言う。「それにいい訓練になるし。紙ってどうやって作るのかしらって前から思ってたの」

「森林を破壊するんだよ」ジョージが答えた。ドーヴァーが声をたてて笑い、その動きで理想的な巻き毛がふるえた。念火師のクレムソンは後頭部をかいただけだった。

アヴィオスキー師が手を叩いて言った。「全員送迎バスに乗ってください。付き添いなしで行ってもらいます、あなたがたは大人ですから。見学のあいだそのことを忘れないでください。正午に工場の南口へバスが迎えに行きます。遅れないように。この行事への参加は恒久記録に残りますよ」

ジョージは小声で毒づいた。シオニーはエメリーと目を合わせて肩をすくめてから、デリラにひっぱられてバスに乗り込んだ。

困ったことに、ダートフォード紙工場は実際すさまじいにおいだった——ゆですぎたブロッコリーに起きたばかりの息をちょっぴり加えたような。工場自体は隙間なく押し込まれた三つの建物からなっていた。七階建てで寄宿舎と牢屋を半々にした感じの外見だ。六階までは均等に配置された長方形の窓が並んでいる。一番目と三番目の建物には巨大な煙突があり、ブロッコリー臭のする白い蒸気を空中にもくもくと吐き出していて、とくに湿気が強く感じられた。工場の裏にはさっき渡ってきた大きな川が流れており、さまざまな水車をまわして発電機に動力を供給している。

少人数の一団は送迎バスの脇に集まった。シオニーはその日二度目に見られているという感覚をおぼえた。腕に鳥肌が立ったが、ほかの実習生は誰も気づかないようだった――工場に注意を集中している。知らない街にきたせいで被害妄想にかられているのかもしれない。

「カーテンがあればなかなかすてきになると思うんだけど」デリラが提案した。

「それに香水とね」シオニーはつけたした。とはいえ、この三カ月折ってきた紙は全部この工場からきていたのだろうから、それなりの意味はあるだろう。この工場がなければ仕事を失ってしまう。

ちょうどバスが走り去ったとき、背の高い女性が一番目の建物の中から現れた。紫の上着と、ぎょっとするほど短い膝丈すれすれのスカートという恰好だ。黒髪を後ろできつくまとめ、瞼《まぶた》はコール墨できっちりとふちどられていた。左の肘にクリップボードをかかえている。

「どうも、こんにちは」女性は挨拶し、指をひょいひょい動かして人数を確認した。小石が散らばった道をそっとまわってくる。「何人か足りないようね。くる途中なのかしら?」

シオニーはまわりをちらりと見た。「たぶんこれで全員です」

「あら。まあ、いいわ。それでも充分な人数だし」女性はうなずいた。「私はミス・ジョンストン、今日の見学の案内係です。ばらばらにならないで、指示がないかぎり、なにもさわらないようにしてくださいね。それができれば見学はすみやかに進みますから」

ジョージが低い声でぶつぶつ言ったが、シオニーには聞こえなかった。それでよかったに違いない。この男が口をひらくたびに嫌いになっていくのを感じた。

ミス・ジョンストンはクリップボードになにか走り書きした。「こちらへついてきてください」と言いながら、ちぐはぐな色の漆喰《しっくい》で何度か修理した古い石造りの通路を越え、一番目の建物へと先導する。工場の入口となっている一枚扉は色あせた煉瓦のアーチの下にあり、実習生たちが一列になって建物に入っていくあいだ、ミス・ジョンストンはしゃべり続けた。「一五八八年、サー・ジョン・スピルマンがダートフォードに最初の紙工場を建設しました。現在のダートフォード紙工場は紙への物品税が廃止されたあと、はじめ一八六二年にロンドン紙工場会社によって設立・建設されました。その後一八八九年に再編されています。この紙工場は、従来白亜の採鉱、石灰焼成、羊毛産業、またほかの種類の農業の中心地であったダートフォードの産業化に寄与しました」

デリラがシオニーに身を寄せて問いかけた。「石灰焼成ってなに?」

シオニーは肩をすくめた。

一同は床に緑と灰色のタイルを張ったほとんど家具のない受付ロビーにぞろぞろと入っていった。ペチュニアから青々としたシダまで、隅という隅に鉢植えの植物が山ほど置いてある。電線は見かけなかった——光はすべて、戸口の上にある古びて汚れた細長い窓の列からきている。意外にも、このロビーではブロッコリー臭がいくぶん薄らいでいた。または鼻がにおいに慣れたのだろう。

実習生たちが入っていくと、高いベージュの机の奥にいる秘書が顔をあげたが、すぐに興味を失ったらしい。

「この奥には従業員用の会議室があります」ミス・ジョンストンは後ろ向きに歩きながら、部屋の向こう側を示した。のび放題のシダに半ば隠れて、ペンキを塗っていない戸口がふたつある。「私のあとについてこの廊下に入っていただくと、足の下で水が流れている音が聞こえます。工場では、地下にある六つの精錬師製タービンを通じて川からポンプで水を汲みあげ、最新の機械に動力を供給しているのです。機械はすべて、ここイングランドで製造されています。あらゆる装置を国産でまかなっていることがダートフォード紙工場の誇りです」

見学が続き、次から次へと部屋へ移動していくにつれ、さまざまな機械がどう動くか、それぞれの従業員がなにをしているか、視界のありとあらゆるものの背後にどんな歴史があるかといった説明がますます増えていった。一同は最初の建物の裏半分をすっかり占めている広い集積室を歩いて通り抜けた。そこではボートで運ばれてきた丸太をパルプ室に送る前に木くずに挽《ひ》いていた。挽く作業自体は見学の一団からずっと離れた位置でおこなわれていたが、シオニーはそれでも耳をふさがなければならなかった。ミス・ジョンストンが延々と工場の仕組みを講義する声は、パルプ室に着くまで聞こえなかった。そこではブロッコリー臭とみがいていない歯のにおいがすさまじかった。デリラが鼻を覆うようにと余分のハンカチを貸してくれなかったら、吐き気をもよおしていたに違いない。

あいにく、形を作ったり圧力をかけたりするような興味深い部門の大半は、見学者の通行が許可されている箇所を示す黄色いペンキの線よりずっと奥にあった。機械類が見えたら楽しめただろうが、それも箱や半分からっぽの棚にさえぎられている。

ミス・ジョンストンは一同を案内して、一角しか見えない機械室や、木挽き部屋とほぼ同じぐらい広いがもっと棚が多くて暗い倉庫、目に涙がにじむほど猛烈に紙の刺激臭がたちこめている〝発電機とエンジン〟という部屋などを通っていった。ミス・ジョンストンがちょうど攪拌《かくはん》機と資材入れについて説明しはじめたとき、別の従業員――作業服姿の若い男――が左側から近寄ってなにか耳打ちした。シオニーは前に行って耳をすましたが、聞こえたのは「たったいま」と「あやしげな」だけだった。それでも、あとのほうの言葉で興味をそそられた。

従業員は立ち去り、シオニーはいまのことをたずねようと手をあげたが、ミス・ジョンストンは手をふって質問を受け流すと言った。「ご迷惑をおかけして申し訳ありませんが、技術的な問題が生じたため、避難しなければならなくなりました。こちらへついてきていただければ、倉庫の中を戻って西側の出口へお連れします。うまくいけば長くかからず、また見学を続けられるのですが。重ねてお詫び申し上げます」

ジョージが手のひらで額を叩いたものの、一同は無言でミス・ジョンストンのあとから倉庫を通って戻っていった。その道筋にはもちろん、窓のない錆びた扉まで見学者用の黄色い線がはっきりとのびている。

シオニーはデリラの手首をつかみ、一行の後方へひっぱった。「あの男の人が言ったこと、聞こえた?」とささやく。

デリラはかぶりをふり、巻き毛がシオニーの鼻をくすぐった。「いいえ。そっちは?」

「なにかあやしげなことみたい。つまり、『あやしげな』って言ってたの。それに『ただいま』とか。紙工場で見学を中断するようなことってなに? 悪いパルプ?」

デリラは肩をすくめた。「大きな会社には見学者とか緊急事態の準備とかにそれなりの手順があるものよ。うちの父はスタントン自動車で働いてるけど、なにか起きたときにどうするかっていうことについておかしな規則が山ほどあるわ。そういう場合はたいてい、長時間残業する結果になるのよ」

シオニーは紙工場での残業を考えてひるんだが、その件についてはもう口にしなかった。

ミス・ジョンストンは一同を外へ連れ出すと、川からそう遠くない、踏みしだかれた芝が広がる場所に残して、戸口から中へ戻っていった。クレムソンが把手《とって》をまわしてみたが、鍵がかかっていた。

「気になるな」と言う。クレムソンが話すのを聞いたのはこれがはじめてだった。ひょろりとした青年は把手を離し、それ以上なにも言わなかった。

シオニーは吐息を洩らしてまわりをながめた。工場の裏で川が渦巻く音が聞こえる。建物の横から正面まで、ぐるりと砂利道がまわってきていた。少し先にはポプラの木立と刈っていない雌日芝《メヒシバ》が生えている。デリラとそちらへ向かうと、午後の太陽が筋雲の陰から顔をのぞかせた。残りの一団もゆっくりとした足取りで続き、ジョージが歩きながらぶつぶつ言った。

「近いうちにお昼を一緒に食べましょ、シオニー」デリラがにやっと笑って言う。この面倒な状況にもまるでめげていない。シオニーはうらやましくなった。

「そうね」と応じる。「でも、そっちの都合に合わせるわ。エメ――セイン先生はわりと自由に休みをとらせてくれるから」

「だったら、あしたがちょうどいいと思うわ」デリラは手を打ち合わせた。「もうすぐ新しい学年が始まったりするから、アヴィオスキー先生がまる一日学院に行く予定なの。だから自分の勉強を終わらせればいいだけよ。どこに行く？」

シオニーは紙工場から五十フィートほど離れた木の下で立ち止まり、傷だらけの白い幹にもたれた。「魚は好き？　パーラメントスクエアにあるセントオールバンズのサーモンビストロのビスクがすごくおいしいの。前に真似してみたんだけど、絶対に同じのはできないわ」

「あら、セントオールバンズなら大好き」デリラは手をふって言った。「あそこのパンは最高よ。じゃ、あしたの十二時にね？　待ち合わせは外の銅像の――」

デリラの唇は動き続けたが、その背後でとどろいた大音響が声をかき消した。爆発の振動が地面を伝って脚を駆け上り、心臓にまで届くのを感じる。頭上の木の葉がざわざわと鳴り、椋鳥《ムクドリ》が二羽空に舞いあがった。

それから火が見えた。

紙工場の一番目と二番目の建物から火山の噴火のように炎が噴きあがり、煙突の蒸気より高く破片と灰を撒き散らす。建物の半分がのみこまれ、一拍おいて熱気が大波のように押し寄せて、肌にびっしりと汗が浮かんだ。

「逃げて！」シオニーは叫んだが、自分の声もろくに聞き取れなかった。デリラをつかんで工場と反対の方向へひっぱる。クレムソンはどこにも見あたらなかったが、ジョージとドーヴァーはすでに駆け出していたので、あとを追って必死で走る。十フィートと離れていない左側の木に瓦礫の破片が激突し、真っ二つに裂いた。

なにかがひゅうっとうなりをあげ、さっきより小規模な二度目の爆発が空気をふるわせた。ふりかえると、工場の壁の大きなかたまりがこちらをめがけて飛んでくるところだった。

クレムソンがどこからともなく現れ、両手をこすりあわせながらそのかたまりに向かって走っていった。シオニーは悲鳴をあげたが、青年は「逸らせ！」と叫んで巨大な火の球を投げつけ、瓦礫をはじきとばした。壁のかたまりはシオニーにぶつかるかわりに木立の上を越え、盛大な水しぶきを立てて川に落ちた。

デリラが泣き出した。

「ありがとう！」シオニーは大声をあげたが、クレムソンは無言でふたりを前に押しやり、そのついでにマッチの燃えさしを投げ捨てた。それ以上危険だと思い出させてもらう必要はなかった。全速力で走ったものの、あいにくデリラはずっと足が遅い。シオニーは頑として玻璃師の実習生の手を離さなかった。ひきずるようにして小さな丘を越え、送迎バスが工場にくるときに通った道へ向かう。そこにたどりつくと、仰天して見物しているささやかな集団にまじって、先に到着したドーヴァーとジョージが立っていた。シオニーがようやく立ち止まり、ぜいぜい息をついていると、デリラがなおもすすり泣きながら襟もとに顔をうずめてきた。クレムソンが慎重に近寄ってきたが、かまわないほうがいいと頭をふってみせると遠ざかった。少しでもなぐさめようとデリラの背中を叩いてやりながら、紙工場からたちのぼる暗灰色の煙を見つめる。なにがあったのだろう。どんな異常が起こったのか。

別のことを思いついて、体がこわばった。見学中にミス・ジョンストンが指さしてみせた従業員のうち、いったい何人が逃げるのに間に合った？

空気に灰と煤《すす》のにおいがたちこめた。大惨事の様子をながめようと通りにどんどん人が集まってきたが、やがて警察が到着し、全員を押し戻しはじめた。警官隊の第一陣はまっすぐ工場へ駆けつける。第二陣は群衆の統制にかかった。

またもや皮膚がぴりぴりして、見られている気がした。デリラにしがみつかれたまま、できるだけ人混みを探してみたものの、これほど大勢の人々に囲まれていては……

だが、通りの向かい側でひとりだけ目立っている人物がいた。服装は普通だが、浅黒い肌がほかの見物人からくっきりと浮いている。背が高い男だった――インド人か、アラブ人かもしれない。黒い瞳と目が合ったが、人が押し寄せてその男は視界から消えた。

シオニーは深く息を吸い込んだ。まともな人間なら外国人に疑いのまなざしを向けたりしないだろう。たとえ向こうがこの方角を見ていたとしても。イングランドにはたくさんの外国人が住んでいる。それこそデリラも外国人だ。人と違うというだけで疑ったと知ったら、母が愕然とするだろう。

もう一度あたりを見まわして仲間を捜したが、クレムソンとドーヴァーとジョージは立ち去ったか、人混みにまぎれてしまったようだった。涙を拭くようデリラにハンカチを渡し、動悸を抑えて手近の警官に近づく。

「すみません」と声をかけた。相手はちらりとこちらを見てから、燃えている紙工場に視線を戻した。

シオニーは帽子を脱いでひらひらふり、注意を引いた。「友人とわたしは魔術師の実習生です。建物が爆発したとき見学中だったんです」

警官はきゅっと目を細めた。「事情を訊いてみる必要があるな」

「ええ、かまいません」シオニーは答え、まわりの音にかき消されないよう声を高めた。「でも、中心街に戻って先生方を見つけなくちゃならないんです。心配なさってるでしょうし、わたしたち、よそからきたので。お願いします」

警官はしばらく唇を引き結んでからうなずいた。「待ってくれ」と言う。同僚のところへ行くとなにかささやいた。相手はうなずき、自動車のトランクからあらかじめ命を吹き込んだ紙の伝書鳥をひっぱりだした。そこに手紙を走り書きしたあと、放して風に飛ばしたが、鳥は中心街と逆のほうへ飛んでいった。増援を頼んだのかもしれない。

十五分後、その場にもっと警察がやってきた。多くは馬に乗っていて、そのうちのひとりがシオニーとデリラを乗せて中心街まで戻ってくれた。シオニーは何度も礼を述べ、デリラは謝礼を払うとさえ言ったが、騎馬警官は受け取らなかった。シオニーは落ちつこうとつとめながら先に立って広場へ入っていった。近くにいることを祈りながらエメリーを捜す。予定通りなら送迎バスにおろしてもらうのは一時間後のはずだったが、エメリーとアヴィオスキー師は、当然あの騒動に気づいたに違いない。

中心街には工場よりさらに大勢の人々が集まっていた。みんな爆発について話している。毒の雲のように空へ舞いあがる煙の柱が広場からうかがえた。足を止め、一瞬息をつめてまじまじと見る。消火できるのだろうか。いったいなにがこれほどの規模の災害を引き起こしたのだろう？

女性の群れや学校の子どもたちの集団をかきわけ、もっとよく見えるようにと爪先立ちになったものの、あまり役に立たなかった。広場の向こうへ合図を送ろうと鞄《かばん》に手を突っ込み、紙を一枚ひっぱりだす――幅広い翼の鶴なら自分の位置を知らせるのにぴったりだろう。折ることができそうな場所はないかと、あちこちにかたまっている野次馬や、店の外に立って指さしながらしゃべっている店主たちを見渡す。

新聞売りの少年ふたりのあいだにひらめいた藍色が目についたので、紙をさっと鞄に戻した。ついてくるようデリラに合図し、群衆をかきわけてそちらへ進む。

そこにはむっとした顔つきの警官ふたりと話しているエメリーとアヴィオスキー師がいた。というより、アヴィオスキー師は黙って立ち、エメリーがどなっていた。

「だったら連れていけ！」エメリーは声をあげた。こめかみにくっきりと青筋が浮いている。目のまわりの肌を紅潮させ、包丁でもふりまわすように両手を動かした。「わからないのか？　あの子が中にいるかもしれないんだぞ！　全員あそこにいるかもしれないんだ。行かなければ！」

「失礼ですが」と、背の高いほうの警官が言う。「ご説明した通り、われわれにできるのはただ――」

「エメリー！」シオニーは人混みの最後の部分を抜けながら叫んだ。名前を呼ばれてエメリーがぱっとふりむく。「大丈夫よ、間に合って外に出たから――」

台詞の残りは断ち切られた。エメリーが両腕で抱きしめてきて、シルクハットが――ついでにシオニーの胃も――地面に転がり落ちたからだ。

「よかった」シオニーの髪に顔を伏せてつぶやき、まわした腕に力をこめる。あの巨大な瓦礫が飛んできたときより脈拍が速くなった。「ああ、シオニー、ひょっとしたらと……」

エメリーは身を引き、上から下までこちらをながめまわした。緑の瞳が懸念と安堵にきらめいている。今回はどんな気分かたやすく読み取れた。「大丈夫か？　怪我は？」

シオニーは喉もとが脈打つのを感じながら首をふった。「わ、わたしはなんでもないわ、本当よ。それにデリラとほかの人たちも。建物を出たのはもっと前だったから……なにがあったのかわからないの。クレムソンとドーヴァーとジョージがどこにいるか知らないけど、みんな外に出たわ。さっきまで一緒にいたの」

エメリーは長々と息を吐き出し、目を閉じると、ふたたびシオニーを引き寄せた。シオニーはこっそり腕をコートの下に忍び込ませ、抱擁を返した。胸の激しい鼓動に気づかれても、接近しているからではなく、紙工場での災難のせいだと思ってもらえるといいのだが。「これで気分が晴れるなら言っておくけど」とつぶやく。「たしかにつまらなかったわ、ぎりぎりまでね」

エメリーは笑ったが、その声は楽しげというより不安を帯びていた。一歩さがったものの、肩に置いた手は離さない。「本当にすまなかった」

「別に……」シオニーは言いはじめた。視界の隅にデリラと立っているアヴィオスキー師の姿がちらりと映る。玻璃師は苦々しい表情だった――どう見ても非難の意をこめて眉をひそめている顔つきだ。

シオニーは顔を赤らめてエメリーから離れた。「別にあなたのせいじゃないわ。でも中に人がいたの。それに、なにがあったかわからなくて……」

最後の言葉で声が少しふるえた。安定させようと咳払いする。

エメリーが言い争っていた警官のひとりが前に踏み出した。「目撃したんですね？」とたずねる。

シオニーはうなずいた。

「一緒においでください」相手は続けた。「どこでなにを見たか、少々お訊きしたいので。あちらのお嬢さんもです」とデリラを示す。

「もちろんです」シオニーは応じ、コートの奥でエメリーが手を握るのを感じた。「必要なことはなんでも」

「私が同行しよう」エメリーが言う。

「わたくしもです」とアヴィオスキー師。「わたくしはこの子たちの責任者です。この事件にどんなかかわりがあるにしろ、すべてわたくしの責任ですから」

警官たちはうなずいた。「あちらに車がありますので。どうぞ」

シオニーとエメリー、デリラ、アヴィオスキー師は、警官たちについて自動車まで行き、警察署まで一緒に乗っていった。そこでシオニーは、ミス・ジョンストンが小声で報告を受けていたふたつの言葉を含め、思い出せるかぎりくわしく報告を書いて提出した。

（どうか、あの人が無事でありますように）

シオニーとエメリーはその晩遅くまで警察署にとどまったが、あの爆発の原因がなんだったのか確実な証拠は見つからず、工場への妨害工作と考えるしかないようだった。

だが、暗い道をタクシーでロンドンまで戻る途中、シオニーは考えずにはいられなかった。

（誰が紙工場に妨害工作をしたがるの？）

第四章

シオニーは目を覚ましたままベッドに横たわり、朝日をさえぎるため額に腕をかざした。フェンネルが床でくんくん鳴き、紙の尻尾でぱたぱたと絨毯《じゅうたん》を叩いていた。片手をのばして紙の頭のてっぺんをなでてやる。

心の中では紙工場の三つの建物の正面に立ち、背後で送迎バスが砂利道を走り去っていったところだった。ミス・ジョンストンが前方でぶつぶつ言っている。なにが起きたか説明がつくような細部を忘れていないかと、シオニーはせいいっぱい記憶を探った。もっと注意を払っていればよかったのだが。しかし、警察の話だと爆発はなんと乾燥室で起こったらしく、見学の一団はその部分まで行っていない。だから当局は妨害工作ではないかと疑っているのだ——乾燥室にはあれほど大規模な事故を起こすようなものはない。

炎が空に噴きあがったとき、顔に感じた強烈な熱気を思い起こす。中にいたらどれほど熱かったか想像するに余りある。エメリーと警察署を出た段階で、すでに十四人の死傷者が報告されていた。一覧表は読んだ――〝ジョンストン〟という苗字の人はいなかった。

シオニーは目を閉じて爆発や火事、落ちてくる瓦礫といった光景を再現した。念火師の魔術で命を救ってくれたクレムソンに感謝しなくては。紙の術では逃げられずに押しつぶされていただろう。だが、壁の破片が落ちてきたことは警察への報告に書かなかった。エメリーがそばで聞いていたので、苦しめたくなかったのだ。エメリーはなんだかとても……静かだった。心配してくれていた。抱きしめてくれたことを喜ぶには動揺しすぎていたが……。

シオニーは体を起こして寝巻の胴衣を整えると、せまい寝室の向かいにある机のところに移動した。二番目の引き出しの奥には、あのすてきな未来を見せてくれた偶然の箱が入っている。長いあいだ箱を手にしてから、隠し場所に戻した。自分の未来を読むのは不運を招くし、今週はもういやというほど不運を経験している。

フェンネルがかすかに吠えて尻尾をふった。まもなく、ドアの下からベーコンの香りが漂ってきた。エメリーが朝食を作ることにしたのだろうか？

時計を見やる――九時十分。今日は遅くまで寝てしまった。

手早くブラウスとスカートと靴下に着替えると、洗面所へ行って歯をみがき、髪を編み、化粧をした。食堂に続く急な階段を急いでおりていくと、エメリーがすでに二枚の皿にベーコンエッグを盛りつけていた。

「作らなくてもよかったのに。わたし、起きてたのよ」ベーコンが焦げておらず、卵がみごとな金色だったので感心しつつも、シオニーは言った。実習生としての一日目にツナと米飯を食べさせられて以来、毎回食事を作ると主張しているのだ。結局のところ、エメリーの奨学金がなければ、調理学校に入学していたはずなのだから。

「私にも料理はできる」エメリーは答え、椅子を引いてくれた。「でなければずっと前に飢え死にしていたはずだ」

シオニーはにっこりして、エメリーがナイフとフォークを出しているあいだに腰をおろした。ライラと結婚しているあいだ、料理をする必要があったのかもしれない。あの切除師は料理が得意そうには見えなかった。もっとも、そのことを訊いてみる気はさらさらなかった。エメリーが気まずく感じる話題があるとしたら、元妻のことだったからだ。

ライラはまだシオニーが残してきたときの状態なのだろうか――ファウルネス島の岩だらけの海岸で、血を流したまま凍りついている――といぶかったものの、そこでエメリーが隣に腰かけたので、記憶は飛び去った。

電文を手渡される。

「これはなに？」シオニーはたずねて紙を広げた。

予定ハ変エナイコトニ　十二時ニおーるばんずデ

「今朝届いた」エメリーはほおばりながら言った。眉をひそめて卵をながめ、胡椒入れに手をのばす。「デリラからだろう。パトリス・アヴィオスキーと社交的な訪問をしあう仲になったというなら別だが」

目をきらめかせ、自分の冗談にくっくっと笑う。

「デリラとお昼を食べに行きたいの」シオニーは言った。「ここで用事がなければ」

エメリーは食べながらつかの間考え、なにも言わずに食卓を離れた。九×十四インチの紙を持って戻ってくると、半分に裂く。

「模倣せよ」と紙に命じる――聞いたことのない術だった。それから半分の紙を適当に四分の一に折ると、シオニーによこす。

「これに書いたものは、なんでも私のほうの半分に現れる」と、いつになく気遣う口調で説明する。「こうすれば、もしなにか必要なときには……まあ一目瞭然というわけだ」

シオニーは術を手の中でひっくり返した。「前にこんなものを持たせたことなんてなかったのに」

「用心しすぎるということはない。あまり遅くならないように。宿題はたくさんあるぞ！」

朝食のあと、シオニーは寝室に戻った。ハンドバッグに模倣の術と予備の紙をつめながら、自分の状況について不安に感じずにはいられなかった。三カ月前、エメリーの心臓の第四の部屋に文字通り閉じ込められていたとき、好きだと告白した。だが、いまだにその告白に直接返事をもらっていない。エメリーはたいてい気まずい話題を避けるので、告白されて気まずかったのかもしれない。そう考えて頬がほてった。あの台詞を口にしたときには、相手が目を覚ましたあとまで憶えているとは思わなかったのだ。それに、まだライラの残酷な笑い声が忘れられなかった。「あんたのことなんか好きじゃないってことよ」と言われたのだ。

視線がまたもや机の二番目の引き出しにさまよっていく。偶然の箱が真実ではなく、視たいものを視せたのだとしたらどうなる？　実はすでに未来があんなふうになる可能性を覆すようなことをしてしまっていたら？　待ち焦がれている事柄がもはや選択肢に含まれていないとしたら？

溜め息をつく。誰かとつきあったのは中等学校のとき一度だけだ。今回の関係よりずっと楽だった。もしかしたら、そのことを兆候と考えてあきらめるべきなのかもしれない。

それでもエメリーをあきらめることはできなかった。それだけはなによりもはっきりとわかっている。

あの人が好きだ。

偽りがなく正直で、頭がよくユーモアがあり、一風変わっているところが好きだ。折るときの手の動かし方、集中しているときに唇をすぼめる顔つきが好きだ。やさしいところが好きだ――少なくとも、シオニーに対してはいつもやさしい。たぶんエメリー・セインに軽んじられたと感じる人々は大勢いるだろう。ともかく、ばかにされたときに気づくほど鋭い相手ならそう思うに違いない。エメリーは実にわかりにくいやり方で人を侮辱するからだ。

それでも、こんなに短い期間で好きにならなければよかったのに、とは思った。

シオニーは安全自転車――すりへらない魔法のタイヤがついている――で街に出た。

実習が始まって一カ月後、タクシーを待つことにも、給料のかなりの部分を移動手段に使うのにもうんざりしてきたころに買ったのだ。自動車よりずっと時間はかかるが、街への道は静かだったので気にならなかった。ただ、通りにそって流れている細い川の反対側を走るようには心がけていた。

「どんな気分？」半分ほど埋まったレストランで、中央に近いオーク材の小テーブルに座ると、シオニーは問いかけた。左側と右側の仕切り席には男女が何組かと一家族がいる。魚を料理するにおいが空気に漂っていた。厨房からはカチャカチャと食器の鳴る響きが響いてくる。シオニーはテーブルの下の足もとにハンドバッグを押し込んだ。

「ああ、シオニー、あれってほんとにひどくなかった？」デリラはメニューをながめながら言った。つかの間視線をとどめてから下に置く。「ゆうべは何度も目が覚めちゃったわ。アヴィオスキー先生は今朝の予定を全部取り消してダートフォードへ戻ったの。すごくぴりぴりしてるわ、普段よりもっとよ。教え子が危険にさらされてるのに傍観してはいられないって」

「三人がいまだに危険な状況ってわけじゃないんでしょう？」シオニーは鳥肌が立つのを感じてたずねた。

デリラはかぶりをふった。「まあ、それはね、あたしたちはみんな大丈夫よ」と答えたとき、給仕が水を持ってきた。「ほかの実習生たちは別の警察署に行ったってだけ。それ以上は知らないけど。でも、すごく恥ずかしかったわ。あたしはすぐあわてちゃうの。あなたみたいに落ちついていられればいいのに」

シオニーは笑った。「落ちついてるって言われるなんて、これがはじめてじゃないかしら」ためらう。「わからないわ。あんまりいろいろなことを見ちゃうと、普通じゃないことがだんだん普通になってきちゃうのかもね」

「そんなにたくさん普通じゃないことを見たの？」デリラが身を乗り出してたずねた。

「教えてよ！　ロマンチックだといいけど」

シオニーは赤くなった。「そういうわけでもないわ。それに、話すならまわりに人がいないほうがいいし」切除師との無謀な対決を混雑したレストランで語るのは賢明ではないだろう。まして、ライラの身に本当はなにが起きたか、アヴィオスキー師が知っているのは、ほぼエメリーが刑事省に伝えたことだけなのだから。

エメリーに関しては……自分の胸の内に秘めておこう。

給仕がバノック(平らなパン)を入れた小さな籠を運んできて、注文をとった。デリラはフィッシュアンドチップスを、シオニーはカニのビスクを頼んだ。食べ終わったあと、デリラは持ってきた大きな布の手提げに頭を突っ込んだ。なにかつぶやくと、ふたたび顔を出し、一緒に化粧用の手鏡をひっぱりだす。美しい品だった――上にケルトの銀の結び目が溶接してあり、貝殻の形をした留め金で閉じてある。

「普通じゃないってこんな感じ？」と問いかけてくる。

シオニーは眉をあげ、手鏡を受け取ってひらいた。ただし、まばたきして見つめ返したのは、自分の顔ではなくゴリラの黒い目だった。

シオニーは金切り声をあげて手鏡を落とした。デリラは声をたてて笑い、テーブルの上から拾いあげた。

「それ、どうやったの？」シオニーはたずねた。

「これは選択映像の術よ」相手は説明した。「頭の中で思い描いた絵をなんでも鏡に映せるの」

「命令するだけでね」手提げの中でこっそりささやいていたことを思い、シオニーはつぶやいた。デリラが持っている手鏡を観察する。ただの紙に指示できる術はごくわずかだ。折り術にはまさにそれが必要なのだ――折り目が。あらかじめ準備しておくこと。折ったり切ったりという操作。玻璃術、つまりガラスの魔法は、火の魔術に次いで即効性がある。いちばん時間がかかるのは精錬術、つまり金属合金に魔法をかける術だ。

シオニーは指でテーブルをとんとんと叩いた。「物語の幻影みたいね」

デリラは眉をひそめた。「ふうん、そうなの？　それってどういうものかよくわからないけど。でも、鏡に顔を向けて――」手鏡をひらいてのぞきこむ。「――『選択映像』って言ってから、見たいもの――か、見たくないもの――を正確に思い浮かべるの」

呪文を繰り返し、目を閉じて手鏡を示した。今回はシオニーが映ってさえいなかった。そのかわり、背後の窓際にひとりで座っている肩幅の広い男が見えた。どうやらこちらの会話に興味があるらしく、もっとよく見ようと首をのばしている。

デリラが術を解き、手鏡をぱちんと閉じてさしだした。「遅くなったけど、誕生日プレゼントよ。包んでなくてごめんね、でも術を見せるとおもしろいと思って」

シオニーは口をあけて手鏡をながめた。「まあ、デリラ、なんてきれいなの。こんなことしてくれなくても――」

「もらって、もらって」相手は笑い、手鏡をこちらにふってみせた。

シオニーはにっこりして受け取り、ケルトの飾りを指でたどりながらハンドバッグにすべりこませた。「ありがとう」

「あたしの誕生日は十二月だから」デリラは当然のことのように告げた。「忘れないでね」

「十二月十一日でしょ」とシオニー。「忘れないわ」

デリラは満足した様子で椅子によりかかり、一口水を飲んでから言った。「シオニー、恋してるの?」

やはり一口水をすったシオニーは、むせかえりながらなんとかのみこもうとした。

「な、なに?」

「最近うっとりした目つきで遠くを見てるでしょ。送迎バスの中でもそうだったし。あと自転車に乗ってるときとか」

「あなたがドーヴァーのそばにいるときみたいな目つきってこと?」シオニーはからかった。

デリラは舌を突き出した。「あの人、あたしのことを気に入ってるみたい。ともかく、工場での災難のあと、わざわざ紙の伝書鳩を送ってくれたもの。ふたつ年下だけど、そんなふうには見えないし。本当に大事なのはそこよ」

料理が運ばれてきて、ふたりは食べる合間に紙工場やシオニーの紙人形のこと、女性の帽子に羽根をつける新しい流行のことなどを話した。パーラメントスクエアの北側でビッグベンが一時半の鐘を鳴らしたとき、デリラは紙ナプキンをつかんで唇をぬぐった。

「ほんとにごめんね、シオニー」と言う。「でも、アヴィオスキー先生がダートフォードにいるから、代理で二時にガラス吹きの予約に行くって言っちゃったの。許してくれる？」

シオニーは手をふった。「大丈夫。わたしも戻らなくちゃいけないし」デリラはテーブルをまわってシオニーの両頰にキスした。「またそのうち食事しましょ」テーブルの上に何シリングか落とし、正面のドアから急いで出ていく。

シオニーは器をかたむけてビスクの残りをすくったが、スプーンを唇に運ぶ前に、向かい側の椅子がガタガタ音をたてた。

デリラが空けたばかりの席に肩幅の広い男が腰をおろす。手鏡に映った人物だとわかった。

シオニーは器をおろした。

どこか見覚えがある気がしたが、はっきり思い出せない。四十代前半に見え、がっしりした体格で髪は赤毛に近い明るい色だ。濃い眉毛と皺の寄った額の下から、無表情な細い灰色の目がじっとこちらをながめている。

「なにかご用ですか？」シオニーは問いかけた。

広い顎のすぐ上にごくかすかな笑みが広がった。

記憶がよみがえって、シオニーは息をのんだ。この顎は知っている。鼻の形は違う——にせものだ——しかし、顎と目を憶えていた。郵便局の指名手配のポスターで見たのだ。エメリーの心臓の第二の部屋で、鉄格子の向こうにひそんでいるところを目にした。ファウルネス島の海岸に立っていたときも、遠くにこの男の姿を見かけた。からからに渇いた口の中で、舌が硬くこわばった。シオニーはナプキンを握りしめた――紙のナプキンを。

必死で頭をめぐらしながらも、なんとか口に出す。「あなた、グラス・コバルトね」ヨーロッパ一とは言わないまでも、イングランドでいちばん有名な切除師。

椅子を後ろにずらそうとしたが――体にさわらせるわけにはいかない！――グラスは椅子の左前の脚に足をひっかけた。

レストランの誰も、なにかおかしなことが起こっているとは気づかなかった。少なくともわかる範囲では気づかれていない。シオニーは正面の入口からレストランの中へ、さらに左後ろにある裏口へと視線を走らせた。悲鳴をあげたら相手はどうするだろう？こんなに間近に座っているのだ。術をかけるには一度ふれるだけでいい……。

膝の上でナプキンの皺をのばし、グラスから目を離さずに三角折りを作る。

「おれに気づいたとはなかなかのものだ」グラスは得意げにゆがんだ笑みを浮かべた。長い犬歯のせいで猫のように見える。「頭がいいな」

「あなたのポスターはどこにでもあるもの」シオニーは平然と話そうとつとめながら答

えた。三つ離れたテーブルにいる給仕に目をやる。

腰かけている椅子をグラスがぐいと引いた。「こっちを見てろ、いい子だ。さっさと話を片付けようか。行くところがあるんでな」

シオニーはふるえる息を吸い込み、膝の上で冷たく湿った指を動かした。二重三角折り、アヒル折り。

「おまえを見つけ出すにはしばらくかかった」グラスは言い、デリラのフォークをもてあそんだ。「ばかでかい手と比べるとひどくちっぽけに見える。「わかっているのは妙な魔術を使う赤毛の娘ということだけだったからな。蓋をあけてみれば、なんとエメリー・セインの実習生ときた。あいつはどうしてる？　まだ生きてるらしいな」

シオニーはなにも言わなかった。グラスの冷たいまなざしから目を離さずにおく。

グラスはくっくっと笑ったが、その笑いはたちまち消え失せた。身を乗り出し、危険なほど近づいてくる。「ライラになにをしたのか教えてもらおうか」

アドレナリンで皮膚がぴりぴりした。「わ、わたしはなにもしてないわ」

グラスがこぶしをテーブルに叩きつけ、皿をがちゃがちゃ鳴らしたので、ほかの客がちらちらと好奇の視線を投げてきた。とびあがらずにいるにはありったけの自制心が必要だった。「おまえはおれに嘘をつける立場にはないぞ、シオニー・マヤ・トゥウィル。

あいつにいったいどんな妙な魔法をかけた？」

「別に妙なことなんてしてないわ」シオニーは嘘をついた。四隅折りをしてナプキンを裏返す。「わたしは折り師よ、それだけ」

「なんの術だ？」

シオニーは深々と息を吸い、指でナプキンをつついて端が揃っているか確かめた。

「教えないわ」とささやく。「あの人がいないほうが世界はよくなるもの。早ければ早いほど――」

グラスが椅子をガタッと左に動かした。シオニーは身をすくめたが、ひるむことなく最後の折り目を仕上げた。

「おれがここの連中を気にかけるとでも思ってるのか？」グラスはささやくような小声で凄《すご》んだ。「おまえの骨から皮膚を切り取るのを見られたところで気にするとでも？こいつらは腑抜けだ、シオニー。血しぶきが散った瞬間逃げ出すさ。おれはその血を残らず撒き散らしてやるぞ、知りたいことをなにもかも訊き出すまで、一滴ずつな」

「それともあいつらから始めるか」と続け、隅にいる四人家族のほうに首をかしげてみせた。十代の少女と幼い少年がいる。「子どもの心臓がどれぐらい強いか知っているか、シオニー？それでどんな術をかけられるか？」

シオニーは一瞬目を閉じた。その台詞であまりにも多くの記憶が一気によみがえったからだ。見なかったことにできたらいいのにと願う場面が——床に崩れ落ちたエメリーの胸にぽっかりとあいた穴、ライラの両手にしっかりと握られた心臓、四方から圧迫してくる心臓の血にまみれた熱い壁、倉庫の貯蔵室の床に散らばっているばらばら死体。その光景を心に押し込め、奥深く埋める。たったいまデリラに落ちついていると言われたのでは？（落ちついて）自分に訴える。

「わかったわ」と慎重に言った。「わたしがどうやってライラを凍らせたか知りたいのね？」

グラスは顎の下で指を組み合わせて待ち受けた。

シオニーはもう一度深く息を吸った。「こういうふうに始めたの」

菱形のナプキンをテーブルの中央に落としてささやく。「破裂せよ」

ナプキンは急激に振動しはじめた。最初グラスはとまどったようだった。それから目をみひらく。

一瞬のうちにシオニーは切除師の足から椅子をはねのけ、テーブルから駆け出して裏口をめざした。

破裂の術が爆発した。

今回は薄いナプキンの紙で作ったので、ライラに使った術ほど強力ではなかったが、皿を吹き飛ばしてテーブルの一部を散乱させる程度には大きな爆発だった。近くにいれば、グラスのような切除師でさえ火傷《やけど》するほど。

シオニーは被害を調べたりはしなかった。一目散に裏口を抜け、陽射しのふりそそぐ通りへ駆け出した。

全速力で道を渡ってひとりの運転手からどなりつけられ、銀行のところで鋭角にまがり、パーラメントスクエアから出る。通りを突っ走り、ホテルと敷物屋の隙間で身をかわし、壊れた縁石を飛び越えた。足の動きに合わせて心臓が早鐘を打った。距離を稼ぐのだ。できるかぎりグラスから遠ざかり、ふたりのあいだになるべく多くの障害物を置かなくては。

(エメリー!) 模倣の術に手をのばしたものの、レストランに置いてきたことに気づいた。ハンドバッグと手鏡と自転車もだ。連絡をとる方法はない。

(デリラ!) だが、どのガラス吹き工のところへ行ったのだろう? いまはもう、どこにいるかわからない。

平屋のペット用品店と二階建ての骨董品《こっとうひん》店にはさまれた交差点で息を切らして立ち止まり、人混みの向こうをながめる。みんな危険のまっただなかにいるとはまるで気づいていない。グラスは他人のことなど気にしていないのだ――自分でそう言っていた。雑踏から離れなくては。

背後で叫び声が聞こえたので右側に駆け寄り、食料品を山ほど担いだ男を突き倒しそうになった。息が苦しくなるのを感じつつ、その脇を通り抜けて走り続ける。（アヴィオスキー。アヴィオスキー先生は街なかに住んでる）次の街区をまわって橋まで行ければ、たどりつけるかもしれない――

また急角度で右にまがり、なにかがっちりしたものにぶつかった――茶色いベストと茶色いズボンの巨漢だ。衝撃で後ろにふっとばされた。みごとにしりもちをつく。

目の前に星が散った。

「お嬢さん！」男は大声をあげた。「大丈夫ですか？　本当にすみません！　ほら、手をどうぞ」

さしのべられた巨大な手は、グラスの手よりさらに大きかった。シオニーがつかむと、男は目がまわるほど勢いよく引き起こしてくれた。

「ありがとう」息をつきながらつぶやく。ようやく周囲の景色が落ちついた。まばたきして目の前の男を見る。二十代後半ぐらいで、こんなに背が高くなければやや肥っていると言いたいところだ。灰褐色の髪にたっぷりオイルを塗って片側になでつけており、その茶色い瞳は――

この男には見覚えがあった。

「あっ……ラングストン！」

男は驚いた顔をした。「お会いしたことがありましたか？」

実際にはないのだが、ラングストンは――エメリーの最初の実習生は――エメリーの心臓の第一の部屋で見たことがあった。ジョントを作るのを手伝っていたのだ。

筋肉より腹まわりのほうが立派とはいえ、グラスの二倍はありそうな体格だ。

「わたしはシオニーっていいます」急いで自己紹介する。「セイン先生の実習生なんですけど、すっかり迷ってしまって。どうかお願いですから、先生の家まで連れていっていただけませんか？」

ラングストンはあきらかにこの展開に意表をつかれたらしく、何度か目をぱちくりさせたものの、うなずいた。「もちろん――ちょっと先の通りに車を止めてあるから。大丈夫だよ、どうせ会合は中止になったし」

腕をさしだしてくれたので、ありがたく――そして必死で――すがりつく。

ふたりで歩いているとき、肩越しにふりむいてみたが、背後にグラス・コバルトの姿は見あたらなかった。

第五章

シオニーとラングストンが紙の魔術師の家を覆っている幻影を通り抜けたとき、エメリーは外で膝をついて〝庭仕事〟をしていた。精緻な紙の花を植えた曲線状の庭園の外側で、チューリップの形の赤い花をすべて百合の形の青い花に取り替えているらしい。作業しているエメリーの脇では、投げ捨てられた術にフェンネルがかじりつき、紙の口でくしゃくしゃにまるめてから、ひっくり返ったごみ箱に残骸を吐き出していた。紙の犬はシオニーを見てキャンキャン吠えた。

「ラングストン？」エメリーは立ちあがってスラックスをはたきながら問いかけた。「今日くるとは思っていなかったが」

だが、若いほうの折り師が答える前に、シオニーは口走った。「グラス・コバルトが街にいるの。それでわたし、お財布を吹き飛ばしちゃったみたい」

エメリーの表情が石のように硬くなった。瞳さえ暗くなり、心臓の第三の部屋のことを思い出さずにはいられなかった。そこでエメリーの失敗や悲嘆を目にしたのだ。その闇を。「たしかか？」と訊かれたものの、質問のようには聞こえなかった。むしろ、その言葉は……脅すように響いた。

シオニーはうなずいた。「あの男のことは知ってるの。前の……前のことで」と告げ、ほんの一瞬、相手の胸に視線を落とす。「ビストロで話しかけられたわ」

エメリーの肌が土気色になった。「ふたりとも中に入れ」と言い、庭に背を向けて青い百合を一本踏みつける。「話をしよう」

ラングストンはごちゃごちゃした居間に向かい、ソファの真ん中のクッションに座り込んだが、シオニーは台所までずんずん廊下を歩いていった。困難な問題をじっくり考えるのはたいていそこなのだ。手を動かしておく必要を感じて、コンロの火をつけ、やかんに水を入れてから、戸棚を探して乾燥したペパーミントの葉を見つける。自分では飲みたくないにもかかわらず、それを三つの陶器の茶碗に分けた。エメリーもほしがるとは思えない。実際、湯が沸く前に台所へ入ってきた。それでもシオニーはコンロからやかんをとりあげた。

茶碗に湯をそそいでいるあいだ、エメリーは背後に立っていた。「なにがあったか話したまえ」

「誰も怪我はしてないと思うわ」と答える。グラス以外は誰も、ということだ。ほかの客を傷つけない程度に術を小さくしておいたが、きっとみんな寿命が縮む思いをしたに違いない。

エメリーはやかんをとりあげて調理台に置くと、シオニーの肩をつかんで自分のほうを向かせた。「シオニー」声を抑えているにもかかわらず、一音一音区切って発音する。身をかがめ、あざやかな緑の瞳でまっすぐシオニーの目をのぞきこんだ。「なにがあったか話したまえ」

シオニーはデリラとの昼食と、グラスの下手な変装、切除師がライラに関して要求したことを説明した。話が進むにつれてエメリーは唇を引き結んだが、グラスの脅迫に言及したときにはその口がひらいた。

会話をそのまま繰り返すべきではなかったかもしれない。

グラスの言葉を自分で口にすると、なぜか重みが増した。シオニーは食堂の壁をふりむいた。ライラが手を使わずにエメリーを押さえつけ、心臓を盗んだ場所だ。精肉倉庫の奥の部屋に閉じ込められた死骸の山を思った。おそらくエメリーの心臓で目にした中でももっともおぞましい光景だろう。自分をつかんだライラが呪文を唱え出したとき、皮膚に流れた不気味なぬくもりがよみがえった。

みぶるいする。

「模倣の術を使いたかったけど、ハンドバッグに入ってたの。ラングストンに出くわしたのはもっとあとよ。巻き込みたくなかったけど、もう手遅れじゃないかしら」

「あいつが狙われるとは思わない」エメリーはまじめに答えた。「だが、グラスに見られていないか、または気にかけられていないことを祈ろう。あの男はどちらかといえば特定の獲物を選ぶからな」

手を握られると不安がおさまり、別の意味で緊張した。そのまま居間へ連れていかれる。ラングストンの視界に入る前に、つないだ手は離れた。

エメリーは以前の実習生に話を聞いたものの、シオニーがグラスと対決したあとで会ったので、ラングストンにはたいしてつけたすこともなかった。

「すまないが頼みたいことがある、ラングストン」年下の折り師が話し終わったとき、エメリーは言った。「警察への報告書を作ってほしい」

ラングストンは胸ポケットから紙を一枚ひっぱりだし、小卓に載っている細長い缶からペンを抜き取ると、シオニーが二度目に繰り返した内容を残らず書き取るよう術をかけた。グラスの脅迫を聞いたときにはぞっとしたような顔になったが、なにも言わなかった。礼儀上か、あるいは書記の術を損《そこ》ないたくなかったからだろう。話が終わるとラングストンは書いた紙を八分の一に折り、ベストのポケットにすべりこませた。

「届けておきます」と約束し、灰褐色の髪の脇をなでつけた。ソファをきしませて立ちあがる。「さっききみに出くわしてよかったよ、シオニー。考えたくもない……しかし、気をつけてくれよ」エメリーに対してはこう言う。「ぼくの住所はご存じでしょう」

エメリーはうなずき、ラングストンを玄関まで送っていった。それからジョントを起こし、外へやって摘み取った花を片付けさせる。

「グラスは私たちがバークシャーに住んでいたころの隣人だ」と、玄関のドアを閉めながら言った。「当時はグレゴリーと名乗っていた。驚くことに敷物の販売をしていたんだ。以前はこの部屋にあいつが売りつけた品物をいくつか置いていた――」弱々しくあたりを示す。「だが、しばらく前に捨てた」

シオニーはうなずいただけだった。もちろん責めたりはしない。エメリーにはグラス・コバルトを憎む理由がたくさんある。心臓の中にいたときには確実な証拠を見なかったが、エメリーが離婚を申請するずっと前に、ライラはグラスと……つ、き、あ、い、はじめていたのではないだろうか。ライラに胸からもぎとられたとき、すでにエメリーの心臓が砕けていなかったのは驚きだ。こめかみをさする。バークシャー。エメリーの記憶に出てきた古い家はそこにあるのだろう。

「紙工場で起きたことはあいつがやったんだと思う？」と訊いてみる。そう考えると胸が痛んだ。紙工場の爆発は——そして結果として出た死者すべては——自分のせいなのだろうか？

エメリーは壁によりかかり、腕を組んで答えた。「可能性はある。だがグラスは自分に注意を引きたがらない。それほど愚かではないからな。爆破はグラスらしくないやり方だ。ふたつの事件を結びつけるとしたら、工場の件はサラージだろうと思う」眉をひそめる。「まだあのふたりが組んで動いているのかどうか……」

シオニーは不安をのみこんだ。「サラージ？」

エメリーの心臓を持って立ち去る前に、ふたりの人間がファウルネス島へ向かっているのを見たのはたしかだ。

エメリーはそっけなく手をふった。「気が向くとグラスと仲間になる別の切除師だ……だが、そんなことはいい」髪を後ろにかきあげる。「面倒なことになってきた」

もっと訊きたかったが、エメリーがうなだれた様子を見ると、その話題を地下室にしまいこんで鍵を埋めてしまいたくなった。そうするかわり、組んだ二の腕に手をのばす。

「きっとなんとかなるわ。いつだってそうだもの」

エメリーはくっくっと笑った。「きみのほうが厄介な状況なのに、私を安心させようとしていると妙な気がするな」その声から笑いが薄れる。「だが、街にいる切除師がグラスひとりであることを期待しよう。あの連中とはいいかげん手を切りたい」

ストレスを感じているときの常で、エメリーは仕事にかかった。幅一ヤードの巻いた厚紙を書斎からひっぱりだして前庭にひきずっていくと、机の奥のまるめた紙束から八・五×十一インチと六×六インチの紙を山ほどとってくるようにと指示する。折り板は使わず、藍色のコートのどこかから出現した鋏を使って作業していた。シオニーはたいしてたたないうちに、家のまわりの結界を変更しているのだと気づいた。邪魔したくなかったので、フェンネルとポーチに腰をおろす。実際に手が必要になると、エメリーはジョントに手伝わせた。

驚くほど手の動きが速いうえ、できたものがあまりにも精巧で複雑なので、本当に最低限の二年で魔術師の資格がとれるだろうかとシオニーはいぶかった。まだまだ学ぶことがあるのははっきりしている。エメリーはこちらを裂いてはあちらを切り取り、細長い扇折りと四つ折りを一見でたらめに配置しながら作っていった。

作業が終わるとようやくシオニーに声をかける。「門の外へ出て、なにが見えるか教えてくれないか?」

シオニーはポーチから門まで細い通路をたどっていき、エメリーの紙の幻影の境を突き抜けて小道に出た。家をふりかえると、目に映ったのは暗いおそろしげな屋敷ではなく、回転草とひび割れた砂地の荒れ果てた景色だった。

一拍おいて、術を通り抜けてきたエメリーが、暑さにコートを肩からはねのけて隣に立った。二本の指でとんとんと顎を叩き、口もとより目もとを動かして顔をしかめたので、シオニーは心配になった。無言だったが、満足していないのはあきらかだ。

夕食にはエメリーが二番目に好きな料理、シェパーズパイを作り——いちばん好きな料理にはオヒョウ(カレイ科の魚)が必要だが、家になかった——デザートにグースベリーのパイまで用意した。相手は感謝してくれたし、偽りのない言葉だったが、心ここにあらずなのが見てとれた。こういう日に紙の魔術師の心がどこへ行っているにしろ、追っていけないのはわかっていた。

次の日もまだほかのことを考えているようだったので、ほうっておいて自分の勉強に取り組んだ。『東洋の折り紙の技術』を読み、紙人形の作業をする。エメリーが上の空の状態から戻ったのは夕方だった。ちょうどシオニーが戸棚からサラダの器を出したとき、ふたりで家を出ると宣言したのだ。

「出る？」シオニーは器を取り落としかけてたずねた。「どうして？」

「明白だろう？」と問い返される。だが、わからなかった。口調は考えていることを覆い隠していたし、瞳もまたもや読み取れなくなっている。「グラスは近くにいる。もし標的がきみなら――どうやらそのようだ――すぐ立ち去ることはないだろう。私は何年もあの男を追ってきた、シオニー。たとえ追っ手が迫っていると知っていても、あの男は決して楽な逃げ道はとらないだろう。あいつは常に……取り組んでいることをまず終わらせる」

台詞の最後で声が低くなった。

シオニーは胸もとで手を組んでささやいた。「あの男は倉庫にいたの？」

血と臓器を奪われたたくさんの腐乱死体を思い出す。グラスの手があの人たちを引き裂いたのだろうか？

放置されて腐りかけた死骸の映像が脳裏にくっきりと浮かびあがりかけたが、ぎゅっと目をつぶって押しやる。食欲が失せて、器を戸棚に戻した。

「あいつもだ、ほかの連中と一緒に」エメリーの声音は、たぶんこれまで聞いた中でいちばん沈痛だった。胸が張り裂けそうになる。シオニーは一歩近づいたが、自制した。

今回だけは実習生の枠を超えないほうがいいかもしれない。

「そのほうが安全だ」エメリーは視線を合わせて言った。「結界があっても私のことは見つけやすい。残念ながら、内閣が魔術師全員に住所を知らせるよう義務づけているおかげで、望んだときに身を隠すことがやたらと難しくなっている。私は内閣内で秘密が保持されると信用していない。街へ行こう。あそこなら人にまぎれやすい」

「でも、街は大嫌いなくせに」

エメリーは溜め息をついた。「街は大嫌いだ。電信機で車を呼ぶ。荷造りをしてくれ。少なめにだ。どのぐらい長くなるかわからないが、身軽でいたほうがいい」

「こんなことになってごめんなさい――」

「うちにもあの電話というものを一台買うべきだな」エメリーはいつもの聞きたいことだけ聞く態度にさっと切り替え、シオニーの台詞をさえぎった。鼻歌を口ずさみながら部屋を出ていく。

シオニーは二階でベッドの下から旅行鞄を引き出したが、大急ぎでどこかを出なければならない事態になったら大きすぎて持ち運べないと判断した。かわりに鞄をひらき、エメリーの心臓に入ったときに持っていった布の袋をひっぱりだす。ごしごし洗ってあちこち補修し、二カ所継ぎをあてなければならなかったが、とりかえる気になれなかったのだ。思い出がありすぎて捨てられなかった。

着替えを一組たたんで——もっと必要ならいま着ている服を洗えばいい——袋の底に置き、化粧道具と衛生用品、折り紙の本を入れる。裏表紙の下に予備の紙をはさんで保護した。フェンネルが袋をくんくん嗅ぎはじめる。どうやらこの前の冒険のときに使ったものだと思い出したらしい。シオニーはその体をすくいあげ、紙で作った犬に対して可能なかぎり強く抱きしめた。

「一緒にきたいなら、前みたいにたたまないといけないんだけど。ほんのちょっとだけよ」

フェンネルは尻尾をふってハッハッと息を吹いた。

「たたまって」

フェンネルは乾いた紙の舌でシオニーをなめてから、平たくゆがんだ五角形に折りたたんでもらうため、頭をひっこめて後脚を前にまげた。シオニーは注意深くフェンネルを袋に入れ、動かないよう確認してから紐を肩にかけた。

最後にひとめ寝室を見渡し、眉をひそめて一階へ向かう。

なにが起きようと、少なくともエメリーは一緒だ。

九時十五分前にタクシーが到着したときには、薄れゆく夏の太陽が最後の光線を投げかけて西の雲を染めていた。エメリーは洗濯物袋に半分ほど手当たり次第に荷物をつめこんでいたが、それを車の運転席の後ろにある座席の向こうに投げ込んだ。座席からは新しい革のにおいがしたので、最近張り直したに違いない。シオニーに手を貸して乗り込ませたあと、自分も乗り込んだ。

「バーリーロードへやってくれ」と運転手に呼びかける。シオニーにはこう言った。「一度あそこのホテルに泊まったことがある。まずまずの宿だ」

シオニーはなんとかほほえんだ。車はライトをつけて方向転換し、ロンドンへの長い道をゆっくりと進んでいった。ガラスのない窓から涼しい夏の空気が吹き込み、エメリーの波打つ髪をくすぐった。影になった木々が通りすぎ、ありがたいことに川を視界からさえぎってくれた。

「本当にごめんなさい、エメリー」シオニーは言い、袋に両手を重ねた。

「きみのせいではないだろう」相手は応じ、左腕をあげて肩にまわしてきた。その重みに胸がどきどきしたが、ひっこめられてしまうのではないかと恐れて動けなかった。

「むしろ」とエメリーが続ける。「私の責任だ。私のことがなければ、そもそもきみがこの件にかかわるはずがなかった」言葉を切る。「実のところ、それも違うな。パトリス・アヴィオスキーのせいだ、きみを私のもとによこしたのが悪い。そう、パトリスを責めることにしよう」

シオニーは笑ってあくびをかみ殺した。「でも、アヴィオスキー先生がそうしてくれてうれしいけど」

「きみはたしかに、これまでの実習生の中でいちばん愉快だ」エメリーはおかしな言い方で同意した。「ラングストンがいちばん退屈だった」

「あなたとそんなに年が変わらないでしょ」

「ああ、そうだな」エメリーは言った。親指でぼんやりとシオニーの三つ編みの端をなぞる。シオニーは頬の赤みを隠してくれる暗闇に感謝した。「ラングストンを引き受けたときにはまだ二十四で、自分の実習期間が終わってから二年しかたっていなかった。だが、折り師の数が急激に減っていたので、プラフはほとんど誰にでも実習生を割り当てていた。私のところにくるか、海を渡ってニューオーリンズに行くしかなかったからな。ラングストンは女の子に言い寄るためにイングランドに残ったんだ」

シオニーはエメリーの近さを意識しまいと咳払いしてたずねた。「あの人、もう結婚してるの？」

エメリーはくっくっと笑った。「いや、まさか。相手は実習の二週間目に痛烈な断りの手紙を送ってきた。ラングストンはそのあと一月しょげかえっていたが、そのうち集中力も戻ってきた。だが、ダニエルのほうは話が違う。私がいまの家に引っ越して門に結界を張りはじめたのは、あいつが原因だ」

シオニーは力を抜いて座席にもたれた。エメリーの腕は肩を抱いたままだ。「問題児だったの？」

「遊び人だ。しかもひどいものだったが、どういうわけかあのいかがわしい魅力に参ってしまう女性があとを絶たなかった」エメリーは考え込むように言った。「毎週新しい相手が玄関に現れた、ともかくそんな気がしたな。あの分では実習期間を終えるのに六年かかったに違いない。だが、実習を中断することになったもうひとつの理由はタイミングだった……まあ、それについてはもう知っているだろう」

シオニーはうなずき、もうひとつあくびをのみこんだ。エメリーの心臓を通り抜けたとき、二番目の実習生についてはほんの断片しかわからなかった。知っているのは、ライラとの問題のせいで配置換えしなければならなかったということだけだ。

エメリーは含み笑いした。「やってきた女の子のひとりは、どう見ても中等学校を卒業したてというところだった。ラングストンぐらい身長があったな。ダニエルはかなり背が低くて、その子の訪問に怒っているようだったが、私は家に入れてやった。そうすれば好き勝手に私の住所をばらまくのをやめさせられるかと思ったからだ——」

車ががたんとゆれ、シオニーははっと目を覚ました。うとうとしていたのに気づいていなかった。たぶんエメリーもだろう。まだ隣で話し続けていたからだ。その肩に頭が乗っていたので、またもや肌を赤らめながらあわてて体を起こす。

「するとエビだった」エメリーは頭をふって言った。「エビと甘いクリームを同じ皿に載せるやつがどこにいる？　いくらなんでもそんな話は聞いたことがないだろう」

「それって……」シオニーは目をしばたたいて眠気を払った。「それってデボンシャーで見たスープみたい」と言う。「別に――」

車のフロントガラスの向こうへ目をこらす。道路にいるのは人間だろうか？　車のライトがわずかに届かない位置にいる。

その男から光が扇形に広がり、時が止まった。

男はぐっと腕を上に向けた。フロントガラスは砕けず、ピストルの発射音も聞こえなかったが、運転手の首が後方へまがり、運転席とフロントガラスに黒い血が飛び散った。

運転手は座ったまますするずると崩れ落ち、ハンドルに倒れかかった。車のヘッドライトが道からそれて植物や地面を照らし、やがて――ぞっとしたことに――暗く渦巻く川の水が映し出された。エメリーが肩をつかんできて、もう一方の手を天井に突っ張って体を支えた。

車が黒い水に落ちたとき、ふたたび時が流れ出した。シオニーはぎこちなく身を乗り出し、目の前の座席をつかんだ。手首に痛みが走った。車内が真っ暗になる。冷たい水が足もとに溜まってきた。

雪のような冷たさが胸から四肢へと広がり、体を完全に凍りつかせた。頭が働かない。鼓動が止まった。喉が干上がる。脚の感覚が消えた。

「いや、いや、いや、いや、いや、いや、いや、いや、いや！」と叫んだが、その声はどこか別の場所、遠いところから響いていた。水が車に流れ込み、無数の冷たい蜘蛛のようにふくらはぎから膝へ、腿へと這いあがってくる――

ガラスのない窓から入ってくる水に逆らって、エメリーがドアを押しあけた。車全体がかたむき、前部が川底へ向いた。

溺れている。溺れているのだ。頬を涙がこぼれおちたが、それでも動けなかった。水が脚を浸《ひた》して座席を越え、ブラウスまで達したときさえ。

「私がひっぱりだそう」エメリーが軽い調子ですばやく言った。

「いや、いや、いや……」シオニーは目をみひらき、関節が白くなるほど座席の革を握りしめてつぶやいた。「いや、いや、いや、いや……」

エメリーが両腕をつかみ、運転席からひきはがして自分の首にひっかけた。

「大きく息を吸って！」と叫ぶ。「私にしがみつけ。外に出るまで息をするな！」

水はみぞおちから胸、襟もとまで上ってきた。

シオニーは激しくふるえだした。

エメリーが悪態をつき、深々と息を吸い込んで唇をぴったり閉じた瞬間、水は顎を越え、ふたりの額を、頭頂部を覆いつくした。

シオニーは目をつぶり、エメリーの首に爪を食い込ませて襟の生地にしがみついた。

前に進み、ぐいっと動き、車の窓のてっぺんが背中と腿をこするのを感じる。

次の刹那《せつな》、闇にのみこまれた。すがりついた首と燃えるような肺以外、すべてが冷たい。エメリーが隣で蹴っているのを感じたが、水は……どこまでも続いていた。どこまでも！

そしてとつぜん、シオニーは七歳に戻り、ヘンダーソン家の養魚池に落ちていた。水面に浮かぼうと身をもがいても、さわるのは底に沈んだ泥だけだ。（息ができない！）

ふいに水が消え、暖かい夏の空気が皮膚にふれた。シオニーは水を吐き出し、火のように喉を焼く熱い息を吸い込んだ。ふわふわ浮かぶ水中で、落下しているかのようにエメリーにしがみつく――

「しーっ、しーっ」エメリーがうながした。片腕できつく胴を抱き、シオニーの体を自分に押しつける一方、反対側の腕を前後に動かして水をかいている。それから動きが止まり、ふたりは沈みはじめた。シオニーは声をあげたが、腰をつかんだ手がぱっとあがって口を覆った。

エメリーが蹴りつけ、ふたりはもう一度浮かびあがった。ただし、今回エメリーは小さなプラスチックの箱を手にしていた。歯を使ってこじあける。中には折った紙が入っていた。

口でつまみ、プラスチックの箱を落とすと、水をかいている腕で紙をつかむ。ふたりはまた水面下に沈みはじめたが、エメリーが「隠蔽せよ」とささやいて紙を宙に投げた。見ているとそれは星の光のもとでほどけて広がり、水の数フィート上で傘のように浮かんだ。

エメリーは水中を歩き続け、じりじりと岸へ向かった。隠蔽の術はふたりが進むとついてきた。恐慌状態が残る中で、少しずつはっきりした思考が戻ってくる。車、水。どうやって水面に浮かんだのだろう？　エメリー？

星明かりで道のほうへ目をこらすと、土手のふちにうっすらと人影が見えた。ライトの向こうにいた男。たしかにさっき男をひとり見た。

足がぬかるみにあたり、エメリーが動くのをやめた。やはり影に気づいたらしく、凝視している。

道の先のほうに光が現れた——別の車だ。ほんの一瞬、ひょろりと背の高い男の姿が照らし出された。巻き毛と浅黒い肌。シオニーは目をこらし、見覚えがあると思ったが、思い出す前に男はもくもくと煙を残して消え失せた。近づいてきた車のライトが速度を落とした。運転手が事故の形跡に気づいたのかもしれない。

エメリーは水に囲まれたまま、両腕でシオニーを抱きしめた。「すまない」濡れた髪にささやきかけてくる。「本当にすまない。もう大丈夫だ。きみは安全だ」

そして額にくちづけた。

シオニーは完全にわれに返った。まだ泣いていたことに気づく。冷たい川の水に比べて涙はひどく熱かった。歯がガチガチ鳴る。

シオニーはふるえながらエメリーの濡れた服に顔をうずめ、道に二対目のライトが現れるまでそのまま動かなかった。誰かが玻璃師の光を水の上に投げかけた。

「私たちを捜している」エメリーが小声で言った。「現せ」と命じると、ふたりを隠していた術がひとりでに折りたたまれて水に落ちた。エメリーはそれを流れに運び去らせた。それからシオニーが体を起こすのを助け、切り立った川岸へと連れていった。ひしとすがりついたシオニーは、エメリーが捜索にきた人々に片腕をふって助けを求めているあいだも、指の力をゆるめようとさえしなかった。ひとりが車に戻っていく。ロープか明かりをとりに行ったのだろう。

「あれはグラスじゃなかったわ」シオニーはつぶやいた。

「ああ、違った」エメリーは同意した。

その台詞から、心当たりがあるらしいと感じ取れた。襲撃したのが誰だったにしろ、エメリーは相手を知っているのだ。

第六章

シオニーは南ロンドン警察署の片隅にある椅子に座り、濡れそぼったフェンネルの残骸をいじっていた。車が川に落ちたとき、袋の中に入っていたのだ。修復できるとエメリーが請け合ってくれた。だが、紙の魔術師はいまのところ、鍵のかかったドアの奥で地元の刑事と刑事省のジュリエット・カントレル師に話をしている。そしてシオニーは、誰もいない警察署でびしょびしょになった犬の名残を膝にかかえているのだ。

あくびをかみ殺し、しゃっくりを抑える。神経を落ちつかせるためにとカントレル師がコニャックを少しくれたせいだ。奥の壁にかかった桜材のカッコウ時計が夜中の十二時半を告げた。

一時間近く前にエメリーが姿を消した戸口に視線を向ける。何年も警察に深くかかわってきたのは知っているが、自分も話し合いを聞けたらと思わずにはいられなかった。ここで待つようにとずいぶん強く主張された気がする。守ろうとしてくれているのか、それともたんに信頼されていないだけだろうか？

　車が川の土手を越えたとき、シオニーはお荷物そのものだった。ひとりだったら溺死し、名前さえ知らない運転手と並んで水中を漂っていただろう。

　運転手。川に墜落したときの記憶はぼやけていたが、あのむごたらしい死はありありと思い出せる。もうひとりが片手をさっとふっただけで死んでしまった。切除術だ。それ以外説明がつかない。

　ドアがあいた。ぴんと背筋をのばしたが、現れたのは刑事だけだった。紙をびっしり束ねた無印の黄色い書類挟みをかかえている。その書類挟みに〝機密〟の錠がかかっているのが見てとれた――特定の命令を受けなければひらかないようになっているのだ。もっとも、魔術師が命じる必要はない。つい先週エメリーにその術を教わったばかりだった。

　刑事はあたりを見まわし、なにもない机に紙を一枚置くと、部屋を横切って近づいてきた。椅子を持ってきて向かいに座る。互いの膝が二フィートしか離れていない。刑事は端にちっぽけな精錬術の印のある高級ペンを構えた――インクが切れそうになると印が光るのだ。タジス・プラフにいたころ似たようなペンを使っていた。

　相手は刑事省の印が押された帳面を膝に載せた。

刑事省は厳密には魔術師内閣の一部だが、国内外でイングランド警察と緊密に連携している。刑事省とつながりのない探偵社で働いている魔術師も何人かいた。たぶん魔術師内閣とかかわると政治的になりすぎるからだろう。責める気にはなれない。

シオニーはじっくりと目の前の刑事をながめた。コーヒーのしみがついたシャツ、肩にかけたホルスターにおさめた精錬師製の銃らしきもの。精錬師はしばしば警察に協力する。当初めざしていたように精錬師になっていたら、違う立場でここにいたかもしれない。

刑事は眉をひそめた。「毛布がいりますか、ミス・トウィル？」

濡れた腰まわりがかゆくなってきていたが、シオニーは首をふった。「大丈夫です、ありがとうございます」

「また繰り返させることになって申し訳ないんですが」刑事は謝った。「もう一度話していただけますか？　思い出せるかぎりくわしく教えてください」

シオニーは下唇をかんでうなずいた。声をふるわせないよう努力しながら、できるだけ正確に事故の状況を説明する。とはいえ、運転手の死を語っているときには難しかった。話せるのは最初と最後だけだ――車が水に落ちたあとはまるで頭が働かなくなってしまった。

役立たず。

刑事はさらにいくつか質問してから、礼を述べて立ちあがり、借りてきた机のところに椅子を戻した。しばらくすると、まだカントレル師とエメリーが話し合っている閉め切った部屋にふたたび姿を消した。

警察署の正面の入口がひらき、アヴィオスキー師とひどく疲れた様子のデリラ、それに練り師――ゴムの魔術師――のヒューズ師が入ってきた。ヒューズ師とは三ヵ月前、エメリーが死にかけたときに公式に会っていた。刑事大臣として魔術師内閣に加わっている人物だ。心臓の第三の部屋で目にしたところでは、そもそも切除師たちの追跡にエメリーを巻き込んだ張本人でもある。

シオニーは立ちあがり、フェンネルとびしょぬれの所持品を椅子に置いた。

まずアヴィオスキー師が手をのばし、シオニーの両肩をつかむと、上から下までゆっくりとながめまわした。「あなたは危険な目に遭う才能がありますね、ミス・トウィル」軽く舌打ちして言い、安堵の息をつく。「無事で本当によかった」顔が蒼ざめた。

「セイン先生は？」

「元気です、頭にこぶをこしらえただけで」シオニーは答えた。あの怪我――と、髪の生え際にへばりついている乾いた血――に気づいたのは、警察署に着いてからだ。

まさにどうしようもない役立たずだった。

「カントレル先生と話してます」としめくくり、部屋の向こう側の閉じたドアを示す。カントレル師――精錬師――とは短い時間しか会っていない。シオニーの話よりエメリーの事故の説明のほうにずっと興味があるようだった。

デリラが前に出てきてぎゅっとシオニーを抱きしめたが、例の両頰へのキスは省略した。「まあ、シオニー、かわいそうに。大変だったでしょう」

「大丈夫よ」あまり自信は持てなかったものの、シオニーは答えた。疲れておびえて不安でほっとして気をもんでいる――どれかが〝大丈夫〟に一致するだろうか？

「報告書は提出したかね？」ヒューズ師がたずねた。記憶にあるよりぶっきらぼうな言い方だったが、こんなに時刻が遅いせいかもしれない。

シオニーはうなずいた。

ヒューズ師は顔をしかめ、きちんと刈り込んだ白い髭を親指と人差し指でしごいた。

「危険な目に遭う才能とはひかえめにすぎる表現だ。今週きみが事件に巻き込まれたのは、これで三度目だぞ」

「三度目？」薄い眼鏡の奥で目をまるくしてアヴィオスキー師が繰り返した。

ヒューズ師はうなずいた。「きのうの夕方、グラス・コバルトがふたたび現れたという報告を受け取った。どうやら街に戻ってきて、ミス・トウィルを直接訪問したらしい」

デリラがシオニーの腕をつかんで胸もとに引き寄せ、みぶるいした。

アヴィオスキー師の肌が蒼白になる。「ですが、あの男はイングランドを離れたはずでは！」

「そう思っとったが」ヒューズ師は答えた。「この子のために戻ってきたようだ」

「いいえ、ライラのために戻ってきたんです」シオニーは割って入り、空いているほうの手で湿ったシャツを整えた。到着したときにもらったタオルはすでにびしょぬれで、椅子の背にかけてある。「わたしがライラをもとに戻す秘密を知ってると思ってるんです」

だが、そもそもどうやってライラを打ち負かしたのかさえ、ろくに理解していないのだ。ふたりは洞穴の外で戦った。ナイフを奪おうとして、シオニーはライラの片目を切り裂いた――そして〝ライラは凍った〟と湿った紙に書いたのだが、その瞬間の記憶はいまだにきちんとつながっていない。物語の幻影を作るときのように書いたのだ。ただし、ライラが凍りついている状態は幻影などではなかった。

「グラスはきみの反応が気に入らなかったようだな」ヒューズ師が好奇心をそそられた

ように言った。

「違う」背後でくたびれたようなバリトンが響いた――エメリーの声だと聞き分けられた。「今回はグラスではなかった」

全員がエメリーのほうを向く。やはり事務室から出てきたカントレル師が、そばの机で帳面にせっせとなにか書いていた。腕を握ったデリラの手にいっそう力がこもる。

「シオニーもそれだけは私に同意している」エメリーは言い、同情をこめたまなざしを向けてきた。シオニーは心からほっとした。紙の魔術師は厄介な状況をさらに悪化させたと怒っていない――少なくともそういうふうに見える。「確実とは言いきれない。見晴らしのきく位置ではなかったし、あたりは暗かった。だが、私はサラージ・プレンディがまだグラスと共謀しているのではないかと思う」

ヒューズ師が眉をひそめた。「もう三年近くプレンディの動きはなにも聞いとらんが」

「聞いていたさ」とエメリー。「プレンディだと知らなかっただけだ」

ヒューズ師は鼻であしらったものの、その点を議論しようとはしなかった。

「サラージって誰ですか？」デリラがたずねる。

ヒューズ師は溜め息をついた。「きみの実習生を別室に連れていくべきではないかね、パトリス」

「ここにいさせてあげてください」シオニーは口を出した。「知ってたほうがいいんです。この件の関係者って言えるぐらいなんですから」

デリラはぽかんと口をあけたが、その場で質問しない程度には分別をわきまえていた。

アヴィオスキー師がうなずき、ヒューズ師は肩をすくめた。

「サラージ・プレンディはインド出身の切除師だ」練り師は言った。「ともかくインド系だ。出生地が確認できるほどくわしく経歴が判明しとらんのでな。だが、犯罪歴は確実だ」

腕に鳥肌が立った。

「それは？」アヴィオスキー師が問いかける。

「行動を予測できん」ヒューズ師は答えた。「単独で動くこともあり、大勢の切除師と連携することもある。一九〇一年に行った囮《おとり》捜査で解散するまでグラス・コバルトが率いとった集団がその一例だな。わかっとるのは二点、サラージ・プレンディが力の誇示を好むことと、まるで良心を持たんという事実だ」

「力の誇示」シオニーは繰り返した。「たとえば爆発を起こすとか」

「そうかもしれん」ヒューズ師は言った。「だが、紙工場と結びつける証拠はなにもない。実のところ、きみをのぞいて工場をほかの件と結びつけるものはなにもないのだがね、ミス・トウィル」

シオニーは爆発のあと、工場の外に集まった人々の中にインド人の男を見たことを思い出した。あの日、見られているという奇妙な感覚で皮膚がぴりぴりしたことも。ぞくっと体がふるえた。

「たぶんあれがその男です」とささやく。「たぶん……たぶん工場の外で見かけました。浅黒い肌で黒い目で……やせていて、短い顎鬚《あごひげ》を生やしてるでしょう？　あそこにいたと思います」

エメリーの眉が寄り、額に皺を刻んだ。瞳がぎらぎら光り、太陽の照りつける玉石の通りからあがる熱気を思い出させた。

服の下で体がちくちくする。ふれられるほどサラージが近づいていたらどうなっていた？　あの道で手をひとふりしただけで、自分の血も飛び散っていたとしたら？

「ふむ」ヒューズ師はきわめて真剣な口調で言った。「そういうことなら——」

シオニーが激しくかぶりをふったので、まだ抱きついていたデリラがよろめいた。

「でも、あのふたりが手を組んでいるはずがありません！　グラスはわたしに協力させようとしました。ファウルネス島でなにがあったか直接聞きたがってるんです。殺したら答えが手に入らないでしょう。今回の男が実際にサラージ・プレンディだとしても、グラスと共謀してることはありえません。グラスはわたしを生かしておきたいわけだし、サラージはどう見てもそんなことは考えてないと思います」

「実に鋭いな」エメリーが陰鬱に述べた。

アヴィオスキー師がうなずく。「いいところをついています。気がかりな指摘でもありますが」

ヒューズ師はまた髭をしごきはじめた。「しかしそれでいて、ふたりともシオニーにこだわっとるようだ。グラスに指図されたと考える以外にサラージの動機は思いつかん。互いに腹を立てとるなら別だが。しかしわしの記憶が正しければ――」とエメリーを見やる。「――サラージはライラをひどく嫌っとった。あの女のためというのがサラージの動機付けの要因になっとるとはとても思えん」

エメリーはうなずいた。

「すると、ふたりが手を組んどるとすれば」ヒューズ師は続けた。「別々の意図があるということになる。思うに、容疑者ふたりはまるで意思の疎通ができとらんのではないかな」

「そのうえこの室内で話されていることは憶測ばかりだ」エメリーが言い、ヒューズ師とアヴィオスキー師のあいだをずかずかと通って近づいてきた。シオニーの肩に手をかけると、たちまちアヴィオスキー師が眉をひそめる。「一晩でできる憶測はこのぐらいだ。シオニーと私は、この件が解決するまで滞在できる場所を街なかに探す必要がある」

「もう手配しました」アヴィオスキー師が言った。もっとも、まださっきの渋い表情は残っていた。その口もとからエメリーが肩に置いた指まで、ぴんと糸が張ってあるかのように唇がひきつっている。「わたくしの家からさほど遠くないところに、当面借りられる部屋があります。人口の多い地域ですよ。そこへ行くように運転手を待たせてあります」

「ありがたい」エメリーが言った。「助かりますよ」

ヒューズ師はカントレル師の調査結果を話し合うためあとに残り、シオニーとエメリーはアヴィオスキー師とデリラのあとから通りに出た。ガラスで密封しても消えない魔法の火をともした高い街灯があたりを照らしている。待っていた車は八人乗りで、すべての窓にガラスがついていた。乗客が夜の闇にまぎれて見えなくなるように、アヴィオスキー師は術を使って後部の窓に黒い色をつけた。

ビッグベンが午前一時を鳴らしたとき、自動車はパーラメントスクエアから四区画離れた十二階建ての煉瓦の建物の前に止まった。シオニーとエメリーの当座の住まいは最上階にあり、細長い居間と広い寝室、せまい台所と化粧部屋、浴室からなっていた。

エメリーはまっすぐ居間のソファに向かった。木の床に足音が反響したが、やがて古びた田舎風の敷物の上で音が弱まる。

「シオニー」戸口を通り抜ける前に、アヴィオスキー師から声をかけられた。デリラは車に残っており、かつての教師とふたりきりだった。「しばらく外国へ行くのがいちばんではないかと思いますよ。今回の事件はどれもあなたが目当てのようですからね。ウェールズのキングズランドに紙の魔術師の知り合いがいますから、引き受けてくれるでしょう。そうすれば勉強の中断も最小限ですみますし――」

「いいえ！」シオニーの返事は少々早すぎた。「エメリーといたいんです。あの、セイン先生と」

アヴィオスキー師の眉が寄せられ、シオニーは目の前でエメリーの名前を口にしてしまった自分を呪った。実習生は決して魔術師を呼び捨てにしたりしない。そういうふるまいは不適切だからだ。

「つまり、わたしがいま移動しようとしたら、まわりじゅうに迷惑をかけてしまうと思うので」と言い直す。「自分で選べるならロンドンにいたいと思います」

アヴィオスキー師の非難のまなざしは歴然としていた。そっけなくうなずかれて胃が縮こまる。

「お気をつけなさい、ミス・トウィル」アヴィオスキー師は廊下に戻りながら声をかけた。「すぐに様子を見にきますから」

ベッドの近くの大きな四角い窓から日の光が射し込んで目が覚めた。寝たのが遅かったにもかかわらず、どうしてもそれ以上眠れなかった。あまりにも多くのことが頭を駆けめぐっている。なぜ別の切除師から狙われるのだろう？　グラスはどこにいて、次にどう動くつもりだろう？　この新たな住居はいつまで安全なのだろう？

そしてアヴィオスキー師はシオニーのことをどう思っている？　エメリーのことを？下着とシュミーズだけの姿でベッドから抜け出す。こんな恥ずかしい恰好で寝たことは一度もなかった。まして続き部屋に男性がいる状態で。だが、ゆうべは服が全部ずぶぬれだったから、濡れた下着で眠るかなにも着ないかという選択肢しかなかったのだ。急遽部屋を出なければならなくなったとき、裸ではあまりに屈辱的だ。

恥ずかしさでかっとなると、胸や腕が色づいたのが一目瞭然だった。服をつるして干しておいた戸棚に急ぐ。荷物につめた着替えなら大丈夫そうだ。着ていた服は川岸の泥で汚れてばりばりに乾いてしまったから、洗わなければならないだろう。

手早く服を着て髪をとかしたが、化粧の手間はかけなかった。今日はいい。コール墨も口紅も役に立つとは思えないし、きっと化粧品も乾かす必要があるに違いない。

寝室のドアをあけると、東向きの窓のおかげで居間には明るい陽射しがあふれていた。たたんだ毛布が右端のクッションとぴったり平行に並べてあるだけで、薄紫のソファはからっぽだ。エメリーは壁際にある赤褐色の高い机のところに腰をおろしていた。藍色のコートが戸口の脇にかけてあり、きのう身につけていたボタンで留める普通の白いシャツと灰色のスラックスという服装だった。

フェンネルの左前脚を折っている。

「エメリー!」シオニーは叫んで走り寄った。その隣には一束のきれいな白い紙――どこで手に入れたのだろう?――が置いてあり、ほぼ完成したフェンネルを手にしている。両耳と胴体の一部を作っている紙は、川で濡れたせいで少し皺になっていた。

「いつこんなことをする時間があったの?」とたずね、エメリーの手仕事と目の下の隈《くま》をじろじろ見る。「ぜんぜん眠らなかったんでしょう。寝るふりをしてこんなことしてたのね!」

エメリーはほほえんだ。「考えることがたくさんあったからな。かまわなかった」

「どうしようもないんだから」目の隅に熱い涙を感じながらシオニーはぶつぶつ言った。机の上に横向きに広がっているフェンネルの新しい鼻づらにさわる。もう少し作業すればふたたび命を吹き込めるだろう。「休まないとだめよ」と、やや静かにつけくわえた。

エメリーは椅子の背にもたれかかり、両腕を大きく広げた。「昼寝はたしかに気持ちがよさそうだな。いま何時だ？」

シオニーは眉をひそめた。本当にたまたま眠れなかったのか、それとも自分のためにやってくれたのだろうか？

「七時三十分よ」と答える。「ありがとう。すごくうれしい」

エメリーの瞳が笑いかけてきた。

「朝食を作るわ」シオニーは宣言し、台所のほうに一歩踏み出した。そこで立ち止まる。「食べ物がないのね」

エメリーは顎をなでた。「きみの言う通りだ、われわれが到着する前にパトリスが食料品を用意しておいてくれれば別だが。急な話だったからその可能性はかなり低いな」自分の作品に視線を戻す。「あと数分ここで時間をくれれば、一緒に食料を買いに行ける」

シオニーは疲れた目つきをながめながらその顔に手をのばしたが、考え直してひっこめた。アヴィオスキー師がよこしたまなざしがまたよみがえった。

「まず休むべきよ」かわりにそう言う。

「あまり寝たくないんだ」エメリーは打ち明けた。「警戒を怠りたくない。それに身を隠しておきたいが、食料を配達してくれる店を知らない。下のロビーに電信機はあったが、そもそも連絡先を知らないからな」

シオニーは汚れた服を洗う石鹸など、必要な品物のリストを書くためにその場を離れた。緊急事態に備えて予備の紙を袋に突っ込むと、寝室を出る。エメリーはフェンネルを作り終えていたが、命を吹き込まないで机に置いていた。藍色のコートを羽織り、先に立って戸口へ向かう。外の通りにはほかにも早起きの人々がまばらにいた。

「こういう品物を買うには、パーラメントスクエアの西側へ行くべきだろうな」シオニーのリストに目を通してエメリーは言った。「あそこはいつも混雑しているから、こちらには都合がいい」

溜め息をついてリストを返してくる。「実に面倒だな。この場所はひどい風邪のようだ」

「息ができないほどつまってて疲れる？」

エメリーの瞳が愉快そうにきらめいた。「まさしく。きみの考え方は好きだ、シオニ

―」

シオニーは市場にたどりつくまでのあいだだけ、その褒め言葉を堪能した。滞在している建物の位置が幸いして、十分ほどしかかからなかったが。パーラメントスクエアの西の端には、屋台で物を売っている露天商の列が長々と続いていた。大部分は地元の農夫だ。屋台はせまい二本の通りになっており、すでに大勢の客がトマトの重さを量ったり、数珠つなぎにした宝飾品を薄い光に透かしてみたりしている。鳩が何羽か市場の隅っこに群がってパンくずをつついており、背後でビッグベンが鐘を鳴らして時を告げた。

乳製品を並べたあざやかな緑に塗ってある屋台で、小さなまるいチーズを調べながら、シオニーは言った。「いろいろあったから、宿題を延期してもらえることを期待してるんだけど」

「ありえない」

エメリーが露天商に代金を支払い、シオニーは布の袋にチーズをしまった。

「どうして？」

「魔術師は常に重圧のもとで働かなければならない」エメリーは当然のように答えた。「したがってきみもそうすべきだ。ことによるとあと一回命を狙われれば考え直すかもしれないが、それまでは授業も課題もいつも通り続ける」言葉を切る。「もっとも、紙人形は置いてきたようだな？　なにか別の時間つぶしを考えよう」

シオニーは眉をひそめた。

手編みのレースでふちどった青緑色の布で覆ってある、幅の広い野菜の屋台に近づく。すりぬけようとすると、立ち去ろうとする客とぶつかった。せまい通りとせまい店頭の組み合わせで、まわりに自分の空間を確保するのは難しかった。意に反して胃の中身がぐるぐる渦巻きはじめる。バターになりきれないクリームでもつめこまれているかのようだ。赤ピーマンをとりあげてながめたものの、ちゃんと見てはいなかった。

エメリーがそばに寄ってきたとき、声をかけた。「ゆうべは本当にごめんなさい。怒ってても当然よ」

エメラルド色の虹彩がちらりとこちらを向く。本気で驚いているようだ。「きみが車を川に落としたわけではないだろう、シオニー」と低い声で言う。

シオニーはピーマンをおろした。「わかってるわ。そのことじゃないの、ただ……」長々と息を吐き出し、屋台からあとずさって人混みの中心を離れる。「ただ、寝室に置いてきた作りかけの紙人形みたいに役立たずだったから。もっとわたしに期待してくれてるって知ってるもの」

エメリーはうなずいたが、そのまなざしは同情的だった。シオニーは少し待ってから次の屋台に移動し、ニンジンの小さな束とタイムをつかんだ。

ふたりは混雑した市場にずうずうしく馬を連れ込んだ男ふたりをかわし、道の中央に戻った。そこでエメリーが言う。「どうしてそう思うのかは理解できるが、シオニー、きみに腹を立ててなどいない。そのぐらいわかるだろう」

シオニーはうなずいただけだった。

「誰にでも恐れるものはある」相手は続け、シオニーの背中に片手を置いて、噂話をしている女たちの一団をよけさせた。そっとふれただけだったがぬくもりが感じられ、うれしかった。「きみはわたしが恐れていることを知っている。こちらもきみの恐れを理解しようとつとめるのが公平というものだ」

シオニーはびっくりして視線を返した。「あの……ありがとう」

エメリーはさすがに疲労を感じさせる重たげな瞼をさすった。「さて、見てみよう……リストを。ルバーブはそこにあるようだ」

「ルバーブなんて書いて――」

「それに、あのパイを今晩作るなら小麦粉もいる」と続け、いろいろな種類の農産物が並べてある広い屋台を指さす。ルバーブの季節は終わったと思っていたが、ここの農夫たちは売り物の中に赤い茎を何本か置いていた。

シオニーはにっこりした。「それなら、卵とバターもいるわ。袋はひとつしか持ってきてないけど、そのコートに入れる場所があるでしょう」

「灰色のコートのほうがたくさんポケットがついている」

シオニーがルバーブの茎を何本か選び、仮住まいの台所にパイ皿があるだろうかと首をひねったとき、なじみのある落ちつかない感覚が皮膚に走った——ダートフォードの紙工場で経験したのと同じぴりぴりする感じだ。

一瞬凍りついたものの、エメリーがふたたび背中に手をあてがい、道の先に進ませた。

「前を見ろ」とつぶやく。「尾けられているようだ。ぐるっと戻って確認してみるか？」

腕の毛が逆立ったものの、シオニーはうなずいて前方をまっすぐ見ることに集中した。鼓動が速くなり、首筋が脈打つ。不安のせいなのか、エメリーの指が肩甲骨に押しつけられているせいなのかわからなかった。内心でうめく。人はどこまで恋に心を奪われるものなのだろう。

ふたりは屋台のあいだを抜けて左にまがり、ビーズや革製品の台を通りすぎてから、農産物売り場の後ろを戻っていった。やがてもう一度赤ピーマンを売っている男のところにやってくる。その動きをできるだけ自然に見せようとして、シオニーは近くの一個をとりあげて買った。エメリーはその演技に合わせて露天商に代金を払い、礼を述べた。

ふたたび歩き出し、ほかの客のあいだをぬって進む。エメリーがコートに手を入れて巻いた紙をとりだし、もっときつく小指のまわりに巻きつけはじめた。

まもなく紙の望遠鏡ができあがった。

シオニーはコートの袖を見やった。「その中にどれだけたくさん隠してるの？」

エメリーは笑っただけで、シオニーを古本屋の裏にひっぱりこんだ。建物の端からのぞき、望遠鏡の筒をのばして言う。「拡大せよ」数秒間じっと通りをながめてから、筒を縮めてコートに戻した。

「ずいぶん大胆なやつだな」

「グラス？」シオニーはたずねた。破裂の術でどのぐらいひどく火傷したのだろう、と考える。

「いや、サラージだ。ともかく私はあいつだと思う。フードをかぶっていて、ひとりきりだ」

「見せて」

エメリーはためらった。

シオニーが手をさしだして待っていると、紙の魔術師はまだ拡大の術が効いている望遠鏡をしぶしぶよこした。一瞬手間取ったものの、望遠鏡は道のずっと先にいる、かなり背の高い男――グラスよりは低いようだ――を映し出した。この気候では暑すぎる上着を身につけ、野暮ったいフードをおろして顔を覆っている。影のせいかもしれないが、工場の近くや車の事故のあとで目撃した男に似ていた。だが、顔ははっきり見えない。

シオニーは望遠鏡をおろし、古本屋のかどにひっこんだ。皮膚がさらにぴりぴりする――切除師の視線に対する体の自然な反応なのかもしれない。

エメリーが望遠鏡を取り返した。「この店をまわって銀行のほうへ向かってくれ。なにがあっても立ち止まるな。アパートの裏口に行くんだ、わかったな？」

電流のような衝撃が肋腹を駆け上り、頭蓋骨に響いた。シオニーは相手の腕をつかんだ。「お願い、やめて」ささやき声で訴える。「お願いだから、いま追いかけないで。怪我をしてほしくないの」

「自分のしていることは心得ている」エメリーは応じた。

（だからいまだにあの男をつかまえてないの、自分のしていることを心得ているから？）そう言いたかったが、口にしなかった。

別の言葉が頭に浮かぶ。「一緒に行かせて」

エメリーは眉をひそめた。「絶対にだめだ」

「わたしのことを信頼してないの？」

その額にかすかな皺が寄る。エメリーは答える前に古本屋のかどからのぞいた。「これは信頼の問題とは違う」

（そう？）だが、言い争っても勝てないときにはわかる。かわりに別の手を試みた。「ひとりで置いていくの？」妊娠中の女性が通りすぎたので、声が届かない位置に行くまで口をつぐむ。「あの男が狙ってるのはわたしでしょう」

エメリーはきゅっと唇を引き結んだ。またもや古本屋のかどに目をやり――ちらりと一度だけ――うなずいた。「そうだな。だが、まわり道をして帰るぞ。あいつの居場所を電信で警察に送れる場所を見つけよう。私の術をあいつに見られたくない」

シオニーはうなずくと、エメリーの前腕を握りしめていた指をほどいた。意識せず強くつかんでいたに違いない。手を離すとエメリーはその場所をさすった。

ふたりはおそろしく大まわりして帰った。道のりが長すぎて、アパートにたどりつくころには足腰がずきずきしていたほどだ。

そのあいだじゅう薄氷を踏んでいたという気がしてならなかった。

第七章

その晩シオニーは夕食に普通のシチューを作り、限られた材料でもなるべくおいしくなるよう気をつけて調理と味つけをした。その前にアヴィオスキー師が立ち寄り、ヒューズ師からエメリーへの帳面を数冊と追加の食料品を届けてくれた。それからずっとエメリーはその帳面を読みふけっていた。

食事も机でとったので、シオニーは自分の夕食を寝室へ持っていった。すると、器のにおいを嗅がせてやるまでフェンネルがキャンキャン吠えた。紙でできている以上シチューは食べられないが、エメリーはそれでも犬らしい癖を持つように作ったのだ。イヌ科の動物にアレルギーがあるにしては、よく習性を心得ている。

シオニーは折り紙の教科書の第十三章を読んで言葉を記憶にとどめ、重要な一節やエメリーが強調した部分はすべて読み返して、知識を定着させた。勉強しながら髪留め——エメリーが作ってくれたもの——を指で探る。早く家に戻れるといいのだが。ごちゃごちゃしてはいても、あの家がけっこう好きになっていた。朝市場へ出かけたあとは特筆すべき事件も起きなかったので、すぐに帰ることになるかもしれない。この状況がある程度解決しないかぎりそんなことにはならないとわかっていたが、期待することぐらいはできる。

自分とエメリーの服を洗い、乾きやすくするために扇子の術を使うと、風呂に入って寝る支度をした。床につく前にカーテンを引いた寝室の窓から外をのぞいてみた。だが、街の光はたいした照明にならず、宵闇が街路を覆っていた。ときおり通りすぎる車のヘッドライトがするすると玉石の上をすべっていくだけだ。

シオニーは吐息を洩らした。こんなふうに動きがとれず、敵の動きを待つのはいやでたまらない。少なくともライラのときには、多かれ少なかれ自分で対処できた。エメリーの心臓の中に閉じ込められていてさえ、常に先へ移動し、状況を進展させることが可能だった。ここでは高い建物やたくさんの通りに囲まれて迷路の中のネズミ同然なのに、チーズのご褒美さえ望めないときている。だからエメリーはあんなに街が嫌いなのかもしれない。

ランプを消したものの、ドアの下からぼんやりした光が流れ込んでいるのに気づいた。居間に行くと、エメリーがソファの端に腰かけてまた別の帳面を読んでいた。

つかの間じっと観察する。その集中力を、前かがみになった肩を、電灯の光が波打つ髪に反射する様子を。かつて、魔術師エメリー・セインはごく平凡な容貌だと思ったことがある。なんとばかだったのだろう。

一分が経過し、ようやくエメリーがこちらの存在を感じ取って仕事から目をあげた。

「少し休まないと体を壊すから」机の上に夕食の器を見つけてシオニーは警告した。部屋を横切ってとりに行く。たとえこんなささやかなことでも、だらしない行動をとるのはまるでエメリーらしくない。あの帳面にはよほど夢中になるような内容が書いてあるのだろう。それが心配だった。

「もうすぐ寝る」エメリーは言った。

「ふうん」シオニーは相槌を打ったが、その言葉を疑った。いつもの半分でもまともな睡眠をとらせるには、ケシの種とカモミールでも飲ませなければならないに違いない。世話をしてくれる実習生がいなかったら、この人はどうするつもりだろう？

台所に向かったが、エメリーが止めた。「シオニー」

ちらりとふりかえった。エメリーはソファに座ったままだったが、左手をのばしてきた。

なんらかの理由で器を返してほしいのだろうと思ったものの、相手はさしだした器を通り越して手首をつかんだ。そっとソファのほうにひっぱり、隣に座らせる。

ぞくぞくする感覚が皮膚を走り抜けた。問いかけようと口をひらいたが、エメリーは片腕を肩にまわしただけで帳面を読み続けた。エメリーほど上手ではない筆跡で、余白から余白までびっしりと小さな字がつめこまれている。

ふるえがおさまり、近さに頬と胸もとが染まった。そばにいるときはいつもこうなってしまう。一瞬のち、思いきって力を抜いた。藍色のコートに隔《へだ》てられずによりそって座ると、こんなに温かく感じるのだ。エメリーの肌の下で焚き火でも燃えているかのようだった。熱があるときの温かさではなく、ただ……心地よかった。

車の中でしたように頭をもたせかけると、肩を握りしめられた。動悸が激しくなり、肩から相手の鼓動が伝わってくる。安定して打っているが、ちょっと普段より速めかもしれない。なにしろエメリーの心臓の音なら、自分の鼓動に負けないほどよく知っているのだ。

石鹼とブラウンシュガーの香りがした。顔に生えはじめた無精髭を見あげた。長いもみあげのあたりでは濃く、口もとに近づくと薄くなっている。つかの間、その唇の形とやわらかさをじっとながめる。あまり真っ赤にならないうちに視線を落とした。

すべてが完璧なその瞬間を受け入れるにつれ、脈が徐々に落ちついてきた。やがてシオニーは物思いに誘われるまま、やはり完璧な夢のぬくもりへと漂っていった。

翌朝、乱れた三つ編みをフェンネルにひっぱられて目が覚めた。しばらく混乱して周囲——机、天井、窓——を見つめてから、ようやくどこにいるのか認識した。街のアパートの居間だ。脚をまげてソファに横向きに寝そべっており、右足がしびれていた。淡褐色の毛布が上にかかっている。

ぱっと起きあがったはずみで、フェンネルを床に突き落としてしまった。犬は抗議してキャンキャン吠えたが、頭をふって幅木を嗅ぎまわりはじめた。

エメリーの気配はなかったが、こちらに向けてある机の椅子に、あの達筆で記した紙が載っていた。

まばたきして眠気を払いながら読む。

重要な協議をするため、ランベス（ウィッカム・ストリート四七）にあるヒューズの家へ行ってくる。アパートには結界を張ったので、頼むから戻ってくるまでその中にいてくれ。連絡をとる必要が生じたときに備えて、模倣の術も置いていく。

シオニーはメモをおろして机を見た。はたして、上部に〝模倣〟という字が書いてあるちぎれた紙切れがあった。

ほんの二、三時間しかかからないはずだし、緊急の場合にはパトリスが近くにいる。

話は変わるが、机のいちばん上の引き出しに紙が数枚と縮小の鎖（残念ながら無生物だけだ）の作り方が入っている。戻ったときには輪が二十一個完成していることを期待する。命を狙われたからといって宿題を出さない口実にはならないぞ！

そのあとにうれしそうな顔を――ふたつの点と曲線で――描き、署名してあった。

シオニーは溜め息をついてメモを置き、縮小の鎖の作り方を書いた紙をとってきた。筆跡には文句のつけようがないし、目をつぶっていても完璧な折り目を作れるにしろ、エメリーの芸術的才能はそこまでだった。鎖を作る順番を示した大雑把な図をあちこちに向け、なんとか理解しようとする。どうやって輪を作ってつなげるかはだいたいわかったが、自分であれこれいじってみなければ、指示を正しく解釈しているかどうかは判断できないだろう。

木炭の鉛筆を見つけて模倣の術に書く。〝もちろんあなたの持ち物で練習しても気にしないでしょうね？〟

〝服を使うのは避けてくれ〟と返事がきた。

鉛筆を置くと、オートミールを探しに台所へ移動した。食器を――わずかな数枚を――洗い、きれいになった一組目の服に着替える。寝室で所持品を整理し、ソファの上の毛布をたたみ、フェンネルにほうってやって遊べるように紙のサイコロを折ってから、ようやく宿題をやろうと腰をおろした。

四回やってみてようやく、縮小の鎖のひとつめの輪をきちんと折ることができた。何度も間違えることに慣れていないので、途方もなくいらいらした。どの輪も四×五・五インチの紙片二枚を組み合わせ、一種の鉤の形に折って作る。三番目の輪を折りはじめたとき、隣室でなにかコツコツと叩く音がした。

シオニーは顔をあげた。「フェンネル？」と呼びかける。

だが、紙の犬はソファの足もとに座って前足をなめている。

折りかけの輪を手にしたままためらったものの、またコツコツと聞こえた。指の爪で窓を叩くような音だ。コツ、コツ、コツ、コツ。

椅子から立ちあがって耳をすました。窓からではない。

台所に入っていくと、前より大きく、三度目に音が聞こえた。化粧部屋だ。ドアをあける。部屋の明かりは高い窓から入ってくる光だけだ。透けるようなカーテンに覆われていて、空気が青く見える。かなりがらんとしていて、衣裳戸棚と化粧台と椅子、それと向こうの隅に年代物の姿見があるだけだった。

その姿見に、グラス・コバルトの顔が映っている。

切除師が背後に立っているものと思い、シオニーは息をのんでふりむいた。誰もいない。

「どうやらこの場所で合っていたようだな」鏡からグラスが言った。その声がかすかな共鳴を伴ってこだまする。

シオニーは目をみはって姿見をふりかえった。警戒に動悸が激しくなり、そのたびにあばらがふるえた。

「あなた」と言い、室内をあちこち見まわす。だが、グラスはどこにもいなかった。鏡の中にしか見えないのだ。シオニーはきゅっと目を細め、勇気をふるって一歩踏み出した。姿見のなめらかな表面でグラスがにやりと笑う。左の頬はまだ破裂の術の火傷が残っていた。

（落ちついて）自分に言い聞かせる。それから声を出した。「どうやってわたしを見つけたの？」

グラスは両手を広げて指をひらひらと動かした。「魔術だ」と答える。「使い方を知っていれば鏡は目になる」

ビストロでデリラがくれた飾りつきの手鏡を掲げてみせる。レストランから逃げるとき、ハンドバッグと一緒に置いてきた。あれを使って見つけ出したのだろうか？

シオニーは反応しなかった。ふるえを隠そうと背中で手を組む。姿見をのぞきこみ、グラスのまわりの様子を観察した。色を塗っていない古びた衣裳ダンスがひとつ、白い日よけをおろした日あたりのいい窓、ベッドを置いた隅。ホテルだとすればあまりいいところではない。東に面した窓がある建物だ。見えない位置に玻璃師が立っているに違いない。グラスがここをのぞいている鏡に術をかけられるのは、ガラスの魔術師だけだからだ。

「どこにいるの？」と問いかける。

グラスは声をあげて笑い、それからベッドのほうを向いた。部屋に通じている特徴のないドアがちらりと見える。なにかつぶやくと一瞬映像がゆらぎ、それから拡大して、腿の途中まで体を映し出した。グラスは手鏡を片手で閉じ、ベッドの上に投げた。

部屋は小さいようで、別の魔術師は見えなかった。玻璃師がどこに隠れているにしろ、さっきより大きいこの鏡に移動したとき、グラスは相手に命令を出さなかった。

「この前の会話は最後まで行かなかったな」グラスの唇がめくれあがり、例の狡猾な微笑が浮かんだ。「おれに術を説明しようとしていたのに」

脈打つ心臓が喉までせりあがってきた。足が冷たくなる。グラスはまさか……だがどうやって？　魔術師が結合できる物質はひとつだけだ。

「あなたなのね」とささやく。

グラスは片眉をあげた。「なんだと？」

「使い方を知っていれば鏡は目になる」シオニーは繰り返した。胃がむかむかした。「あなたは……あなたは切除師じゃない。玻璃師よ」

グラスは笑った。もう少し音が大きければ鏡が砕けそうな、腹の底から響く声だった。

「実に鋭いな」と言う。「ふたりのちょっとした秘密か、ふむ？　はるか昔に犯したあやまちだ。だが、それを修正したいのさ、シオニー。実のところ、おまえがライラに使ったささやかな術が新たな窓をひらいてくれるんじゃないかと期待していてな。駄洒落で悪いが」

「なにへの窓？」シオニーは声を鋭くしてたずねた。「あなたが血と結合することはできないし、まさかわたしが手を貸すはずがないでしょう！　だいたい、本当にライラのことを気にかけてるの、それともたんに力がほしいだけ？」

グラスは顔をしかめ、息でガラスが曇るほど鏡に近づいた。「この始末がついたら、まずその顔からよく動く唇をひきちぎってやるぞ、折り師。おれとライラには計画があった。おまえらからも、この国の独善的な制度からも逃げ出すつもりだったのに、それを許すつもりはないんだろう？　ライラにかけた呪いがなんだろうと必ず解いてやる。そして、血がおれの支配下に入ったあかつきには、最初の実験台にしてやるからな」

（実験台？）シオニーは姿見からあとずさり、部屋の中心からわずかにずれた位置に立った。「本気なのね」とささやいたものの、脅迫には触れなかった。グラスは本気でガラスとの結びつきを断とうとしているのだ。だが、そんなことは不可能だ！　ひとたびある物質と結合したら、取り消すことはできない。誓約はそう言っている！

「あいつになにをしたか言え！」グラスは太い指で鏡のふちをつかんでどなった。「おまえがどんな妙な魔術を使うのか教えろ、物質と物質をつなぐその術を！」

「たとえライラの術が解けるとしたって、その秘密を洩らすぐらいなら皮をはがれたほうがましよ！」シオニーは叫んだ。

右側できしむような物音がして、はっとする。ちらりと横に目をやると、戸口にエメリーの影が見えた。ちょうど鏡に映らない位置だ。

グラスは気づかないようだった。「その言葉を撤回させてやる」

（話を続けさせなくちゃ）シオニーは思ったが、次の問いを発する前に、まるで水に変形しつつあるかのように姿見が波立ちはじめた。

水……人間は水をくぐりぬけられる。

「シオニー！」エメリーが声をあげた。さっとドアをひらき、長いコートから折った紙をひっぱりだしたが、シオニーのほうが早かった。化粧台の脇の椅子をつかむなり、姿見に投げつけて粉々に砕く。床にふりそそいだガラスは硬いまま動かなかった。破片に映っているのは天井とシオニーの上下する肩だけだ。

グラスは消え失せていた。

エメリーが術をおろして手のひらに隠した。「目隠し箱だ、急げ」

シオニーは相手を押しのけて居間に入った。机に駆けつけ、引き出しから紙を四枚とりだす。紙のうずくような感触もろくに気にとめず、飛ぶように指を動かして折っていった。目隠し箱を教わったのは実習期間が始まって二カ月後だ――光も含めてあらゆるものを紙の壁で締め出す単純な箱。そのときにはあまり役に立たないものだと思ったが、グラスがまだ鏡のかけらを少しでも支配しているとしたら、力を無効にするには有益だろう。

四つ作って大急ぎで化粧部屋に戻る。

エメリーは体をこわばらせて立ち、破片をながめていた。シオニーは隣にしゃがみこみ、かけらを拾っては箱に押し込みはじめた。エメリーが身をかがめて手伝ってくれる。破片のひとつで親指を薄く切ってしまったが、無視した。全部集め終わると、箱の蓋を閉めて絨毯の上に置いた。

「七年」シオニーは一息ついて言った。「鏡を割るのって七年も不運を招くのよ」

エメリーは鼻をすすった。「今回は幸運の女神もお許しくださるだろう」

「どれだけ聞いたの？」

「充分なだけだ」エメリーは答えた。軽く咳をして言う。「グラス・コバルトが……玻璃師か。それでいくつかのことに説明がつく。妙なものだ。ヒューズが知りたがるだろう」声がしゃがれて聞こえた。

「グラスはわたしたちを見つけるかしら？」シオニーは並んだ箱を見つめてたずねた。指でかどを探り、折り目が正確かどうか点検する。

「いや」エメリーは言い、咳をした。「私が鏡渡りの術をきちんと理解しているとすれば、物理的にどこにいるかはわからないはずだ。ともかく、そうであることを願うが」

シオニーは紙の魔術師を正面から見て、ようやく目の赤さや顎のまわりの腫れに気づいた。エメリーはまた鼻をすったが、鼻腔にほとんど空気が通らなかった。

「ちょっと、エメリー！」シオニーは声をあげて立ちあがった。「いったいどうしたの？」

エメリーは咳払いしたが、その動きでごほごほと咳の発作に襲われた。やっと回復するとぼやく。「ミセス・ヒューズは猫が大好きでね。あいにく、そのことがわかったときにはすでに出くわしていた」

またもや咳き込んで口を覆う。手に蕁麻疹《じんましん》が見えたのはそのときだった。

自分の手を胸もとにやる。「アヴィオスキー先生があなたにアレルギーがあるって言ったのは冗談じゃなかったのね。ねえ、エメリー、ひどい状態よ」

「それはどうも」相手はぜいぜい息を切らした。

シオニーは舌打ちすると、袖をつかんで居間へ連れていった。ソファに押し倒すようにして、寝ていなさいと命令する。明るいところではいっそうひどかった。首筋にピンク色の蕁麻疹がびっしり出て、白目には痛々しい赤い筋が走っている。

「われわれは」エメリーは咳をした。「もっと重要な問題に対処しなければならないんだ、シオニー」

シオニーはたたんだ毛布を広げて言った。「じゃあわたしが対処するわ。鳥を送れるし、下には電信機もあるもの。グラスはどこにも行かないし、あなたも行かせないわ。うちの弟はアルファルファのアレルギーで、症状が出たときには風邪と同じ扱いをしなくちゃいけないのよ。でも、あなたほどひどい状態にはならないけど」

エメリーの返事は激しい咳だった。

シオニーは眉をひそめて毛布をかけてやり、コートを脱ぐよう言いつけた。きっと猫の毛がついているに違いない。それから台所へ急いでコップふたつに水を入れる。ソファのかたわらに机の椅子を引き寄せ、その上にコップを置いた。

「両方とも飲んで。体から排出する助けになるから」と指示する。

「私は自分できちんと――」エメリーは言いはじめたが、痰のからんだいやな咳が言葉をさえぎった。あきらめてひとつめのコップに手をのばし、五口で飲み干す。

シオニーは台所に戻り、コンロを熱して湯を沸かした――鶏肉はないが、野菜スープを少し作ろう。それなら誰が飲んでも害はない。居間をふりかえると、エメリーが二杯目をごくごく飲んでいるところだった。さっきより首が腫れあがっているようだ。

シオニーは血が足もとまで引くのを感じた。「救急車を呼んだほうがいい?」と問いかける。「前に病院へ行かなきゃならなかったことがあるの?」

エメリーは首をふった。「子どものとき」咳をして鼻をすする。「だけだ。そのうちおさまる」

シオニーは唇をかみ、また台所に入っていった。引き出しの大部分はからっぽだったものの、残らず探したあとで薄い布巾を見つけ、冷水に浸す。そして居間に戻り、ソファのクッションでエメリーの頭を支えて顎の真下に冷たい布をあてがった。これで腫れが引くといいのだが。それから机に向かって仕事を始め、折ったり切ったりして紙吹雪を作った——実習の最初の週に習ったことだ。

「雪化せよ」という言葉で術をかけたものの、降り方については指定しなかった。かわりに紙吹雪を濡れた布巾の下にはさんで冷たさを保つ。続いて紙の包帯を二本編みはじめた——蕁麻疹を治すにはこれしか思いつかなかったのだ。

包帯の作り方を覚えたのは、実習期間の二カ月目、たまたま屋外トイレの流しの上で髪を切っていたエメリーに出くわしてしまったあとだった。人のいるトイレに入ってしまったことと、シャツを着ていないエメリーを見た恥ずかしさのあまり、シオニーは大声で平謝りしながら勢いよくドアを閉め、うっかり指をはさんでしまった。あやうく右手の中指を骨折するところだった。エメリーが治癒を早めようとこの包帯を作ってくれたのだ。

包帯作りを終えると、エメリーの両手に一本ずつ巻きつけ、ぴったり合うように先端を編む。それから、背中でエメリーの抗議をはねかえしつつ、エレベーターを待たずに急な階段を駆けおりた。黄緑色と淡褐色のタイルが敷いてある細長いロビーに着くと、陶器の飾り壺と丈の高い鏡を通りすぎて受付の机に行った。電信機を使いたいと頼み、受付の女性に見られていないことを確かめてからアヴィオスキー師に電信を打つ。ヒューズ師の連絡先は知らなかった。

ぐらすガ鏡ヲ通ジテ接触ヲ図ル　玻璃師ト判明　ひゅーずニ知ラセ連絡コウ

この内容では納得するより疑問のほうが生じるだろうが、日暮れまでにはアヴィオスキー師がアパートにやってくるだろう。顔を合わせたほうがきちんと状況を説明できる。エレベーターで上に戻ってからは、せっせとスープの用意をした。できるまでに一時間ほどかかり、少なくともその半分の時間、エメリーは咳き込んで鼻をすすっていた。湯気の立つスープの器をベッドの脇に運んでいくころには、猫が原因の不調はいくぶんおさまっていた。

スープを椅子の上に置き、薄紫のソファの端に腰かけてエメリーの額に片手をあてる。

「ともかく熱はないみたい」と言う。「まあ、たぶんないと思うわ。できれば母が教えた方法では計りたくないの」

エメリーは笑い声をあげた。血走った瞳に愉快そうな光がいくらか宿っている。

「猫をなではいないんでしょう？」シオニーはたずねた。

エメリーは二回咳払いした。「いや、まさか。外に出るとき一匹見かけただけだ。だが、そのときにはもう手遅れだとわかっていた。最初は風邪を引いたのかと思ったが」

「何匹飼ってたの？」

「四匹だ」

「誰にとっても二匹は余分だと思うわ」シオニーは言った。溜め息をつくと、身振りで器を示す。「飲めるようになったら飲んで、でもあんまり長く待たないでね。もう少し水を持ってくるから」

台所でふたつのコップに水を補充し、スープの隣に置く。

ソファの端にふたたび座ると、エメリーは腰のかたわらにいるシオニーを見つめた。一拍おいてたずねる。「なぜここまでしてくれる、シオニー？」

耳が赤くなってきた。シオニーは体を離してスープをかきまぜた。「そんなこと訊かないで」静かに答える。スープの中でぐるぐるまわっているニンジンとジャガイモの切れ端をながめた。深く息を吸い込み、もう一度吸って、顔のほてりがおさまるのを待つ。

大丈夫だと確信が持てたとき、言った。「理由は知ってるでしょう」

「シオニー……」エメリーの声が途切れたが、その先を口にしようとはしなかった。そもそも名前以上のことを言おうとしていたらという話だが。相手以外のなにかに注意を集中しようと、シオニーはスープをかきまわしつづけた。

まるまる一分たってから、エメリーはふたたび口をひらいた。

溜め息とともに切り出す。「きみは私の実習生だ。おそらく……おそらくそのことを指摘する必要はないと思うが」

「だめだって書いてある規則はないわ」シオニーは言い返した。また肌が紅潮しはじめ、内心を暴露してしまう。「確認したもの」

エメリーは首のまわりの濡れた布の下をこすった。躊躇したのは、たぶん適切な言葉を選ぼうと気をつけたからだろう。「書かれた規則がすべてではない」

「でもあなたは規則に従う人じゃないでしょう」

大胆さに自分でも驚いてしまい、反応を測るために紙の魔術師に目をやる勇気さえなかった。濃くなった空気が野菜スープのように周囲で渦巻いているが、涼しくなるどころかますます熱くなった気がした。

（わたしはこの人の実習生よ）指摘する必要があるとでもいうのだろうか！　だいたい、

なぜここまでする、などとどうして訊くことができるのだろう？　どうせ心臓の第四の部屋で気持ちは打ち明けているのだ。

目を閉じて手の甲を頬に押しつけ、ほてりが引くようにと念じた。（そう）スープをかきまぜるのをやめて落ちつかせる。（ただの実習生でいてほしいんだったら、ただの実習生になるわ）

それ以上のことを期待したのはばかげていたのかもしれない。

シオニーは器を渡した。「あの縮小の鎖に使う輪はまだ三つしか作ってないの」と言う。「気分がよくなったら確認してみて。不備のある鎖を作るのに時間をかけたくないから。それに読まなきゃいけない本もあるし。一時間たったら様子を見にくるわ」

立ちあがってスカートの埃を払うと、閉じたドアの奥で折り紙の本を読むために、落ちついて逃げ出す。寝室にいれば、恥ずかしいほどあざやかなピンクに染まっている肌を目にするのは自分ひとりだ。

そして、シオニーは今週三度目のみごとな落ちつきぶりを示した。教科書を読み終わるまでにページを汚した涙はたった二滴だった。

第八章

　シオニーは国会議事堂のせまいロビーで赤いビロードの椅子に腰をおろしていた。雨粒形の水晶の花綱があぶなっかしくあしらわれた、三層もある黄金色のシャンデリアが頭上につるしてある。部屋の隅にははるか昔に死んだ政治家の像が立ち、こちらをながめていた。両脇があかがね色のアルコーヴになっていて、大きな陶器の花瓶に生けた外国産のシダが飾られていた。細長い半円形の窓――もっと小さい半円形の窓の寄せ集め――から射し込む昼前の光は、空にうっすらとかかった筋雲に反射して白く輝いていた。窓の向かいの壁に逝去した王の肖像画がかかっている。十二フィートもの高さがある絵は、エドワード七世にはまるで似ていなかった。金の葉模様の長い線が天井を縦横に走っている。こんなに立派な待合室は生まれてはじめて見たが、それでも待合室であることには変わりがなかった。

　背後の背の高いドアはぴったりと閉じている。刑事省の会合にエメリーもアヴィオスキー師も招かれたのに、自分だけが加わることを禁じられたという事実を強調しているのだ。締め出されたことに苛立ちを感じて顔をしかめる。直接切除師たちに対処したのはシオニーだ。今回のいまわしい騒動はすべて、自分を狙っていた。それなのに内閣の行動計画を決定する議論に参加することを許されないとは！　内閣の仕組みは決して理解できないだろうし、かわりに反論してくれなかったエメリーをまだ許していなかった。

（わたしを信頼してくれなかったのよ）

　隣のテーブルに軽蔑のまなざしを投げる。エメリーが読むようにと指示した新たな教科書が山積みになっていた。『パルプから紙へ――最上の工芸の形成』『上級幾何学』、『寒い北の哺乳類』というのは、上級の命を吹き込む術と関係しているのだろう。ふんと鼻を鳴らす。ともかく『鉄道雑誌』を一部、受付から持ってきている。「どのようにして精錬されたタイプレート（レールを枕木に固定する部品）で旅行を速く円滑にするか」という記事はなんだかおもしろそうだ。記事の中で書き手が実際に新しい術を提供してくれるのだろうか。

　やはり会合から締め出されたデリラが政治家の像からぶらぶら歩いてきた。いままで興味深そうに額《がく》を読んでいたのだ。両手を背中で組み、黄色いスカートをふくらはぎのあたりではずませている。今日は短い髪を両耳の後ろで留め、口紅をつけていた。いつもはやかなデリラと比べて自分は地味に感じられ、よけいいらいらした。

「待ってるのはそう悪くないわよ」デリラが言った。

密室の中で誰かが――ヒューズ師のようだ――なにか聞き取れないことを叫んだ。

「ほらね？」デリラはちょっと笑ってみせた。

シオニーは吐息を洩らし、反対側の椅子を示した。「いいえ、わたしはうんざり。グラスが話しかけてきたのはついきのうよ、デリラ。わたしはあの中にいるべきなのに。セイン先生が全部立ち聞きしてなかったら、きっといたはずよ」

デリラの黒い瞳がとびだした。なるほど、アヴィオスキー師はアパートの十二階で起こった事件について話していないらしい。

きのうの午後、アヴィオスキー師は見たこともないほど不機嫌な顔でヒューズ師とアパートに現れた。そして、鏡同士のやりとりからロンドンに隠れていることはわかるだろうが、アパートの正確な位置を割り出すことはできないはずだと請け合った。最終的に、移動しないと決めたのはエメリーだ。

グラス・コバルトの正体が本当に玻璃師だとヒューズ師に納得させるのは大変だった。まだ練り師の傷ついた自尊心は回復していないのではないだろうか。結局のところ、グラスの秘密を暴くべき者がいたとしたら刑事省の大臣だったはずだ。

シオニーは身を乗り出すと、デリラにひそひそ声でなにもかも打ち明けた。もっとも、あとでエメリーと交わしたぎこちない会話は別だ。まだあのやりとりに動揺していた。だが、コツコツと叩く音のことも、グラスが言った内容――一語一語――も、波打つガラスや目隠し箱についても話した。

「間違いなくわたしを見つけることはできないのよね？」

デリラは蒼ざめて見えたものの、うなずいた。「鏡同士のやりとりで人を追跡することはできるけど、地図で見つけるようなやり方じゃないの。ちゃんと伝わるか自信がないけど、正確な位置を知らなくても鏡の署名がわかるっていうか。もう肝心の鏡は割れてるんだから、充分安全だと思うわ」

「署名？」シオニーは繰り返した。

デリラはうなずいて腕の鳥肌をさすった。「どの人にも名前があるみたいなものよ。どの鏡にも固有性があって、それを変えることで手当たり次第に鏡渡りができるの。そのことを勉強するだけで三カ月もかかっちゃったから、ここで一気に説明できるかどうか。でも、鏡の位置を知ることはものすごく役に立つの。見つけたい人の持ち物だった鏡を手に入れるのもね。グラスはたぶんロンドンを捜せばいいって知ってるはずだし、あの手鏡があれば……ねえ、シオニー、ぞっとするわね。寝る前のこわい話が現実になったみたい！　うらやましいとは思えないわ、これっぽっちもね」

「もっと大変なことだって経験してるもの」と答える。これまでのところその発言は事実だ。しかし、グラスはライラとはまるで違うことをシオニーは学びつつあった。玻璃師と切除師に立ち向かうのは、切除師ふたりを相手にするよりましな気がするとはいえ、今度こそ深みにはまりすぎたのではないかと思いはじめていた。

「あいつは玻璃師よ」と言う。「部屋にはほかに誰もいなかった。でも、悪事を働くのに黒魔術を使う必要があるとはかぎらないわ」

「ともかく、そいつが転移する前に鏡を割ったものね」デリラが意見を言った。

「それはどういう仕組みなの？」シオニーは椅子を前に引いてたずねた。「どうやったら鏡から鏡へ移動できるの？」

デリラは眉をひそめたが、大きなハンドバッグをかきまわし、自分の化粧用の手鏡をひっぱりだしてから、シオニーの手の長さぐらいの長方形の鏡をとりだした。ハンドバッグの中でガラス玉がちりんと鳴るのが聞こえ、玻璃師の実習生はどれぐらいガラスを持ち歩いているのだろうと首をひねる。紙にも困った点はあるが、少なくとも運ぶのは楽だ。

デリラは長方形の鏡をシオニーに渡した。「あたしはもうこの鏡をよく知ってるから、簡単だと思うわ」と言い、手鏡をひらく。そして命じた。「捜索せよ、四分円の三」

「それが署名?」シオニーは鏡を見ながらささやいた。自分の影が渦を巻き、やがてそのかわりにデリラの顔が現れる。目をやるとデリラの鏡には自分が映っていた。ふたつの鏡は互いを映し合っているのだ。

「やりやすくするために名前をつけなおしたの」とデリラ。「その必要がなければ、むしろ頭の中で考えるだけよ」

シオニーはあまり理解できないままにうなずいた。ガラスの魔術は折り術とはずいぶん違うようだ。

またどなり声があがった。今度は聞き覚えがない声で、閉じた戸口の奥に反響したが、シオニーは無視した。

「つまりこういう感じ」デリラの声は、現実の体とシオニーの手にある小さな鏡の両方から響いてきた。「転移はもっと難しいの」と説明し、右手の人差し指の先で手鏡を時計まわりにぐるりとたどり、それから反時計まわりに、最後にもう一度時計まわりに動かす。そして命じた。「転移し、通過せよ」

二枚の鏡がきのうの化粧部屋の鏡のように波立った。デリラは人差し指を自分の手鏡のガラスに押し込んだ。その指はシオニーの鏡から切断された四肢のようにぬっと突き出した。デリラがくねくね動かしたので、シオニーは笑った。

「欠陥のある鏡だとうまくいかないの」デリラは指をひっこめて言った。「停止せよ」と命じると、鏡は普通の状態に戻った。「不完全な鏡を使おうとして閉じ込められることもあるわ。かすり傷とかひびとか、ちっちゃな気泡でさえ、通り抜けようとすると大きな石や首吊り縄みたいに動くことがあるの。あたしが転移するとき、アヴィオスキー先生は玻璃師製の鏡しか使わせてくれないわ。そうじゃないと安全じゃないから」

「きびしい先生みたいね」シオニーは言い、長方形の鏡を返した。

デリラは鏡を二枚ともハンドバッグにしまった。「そうだけど、あたしにはよかったわ。少しきちんとする環境が必要だから」とにっこりする。「年末に魔術師になる試験を受けてみようかと思ってるの。それまでいまから一生懸命勉強すれば受かるんじゃないかと思って」

「わたしもそう思うわ」シオニーは言った。

デリラはうなずき、それから妙に黙り込んだ。静かすぎて密室の中から押し殺した話し声が聞こえるほどだった。魔術師たちはシオニーの問題をどの観点から話し合っているのだろう。

長い間をおいて、デリラは言った。「捜索をグラスじゃなくてサラージに集中させるつもりなのよ。今朝アヴィオスキー先生が鏡で話してるのを聞いちゃったの。ヒューズ先生か閣僚のひとりと話してたんだと思うわ。カントレル先生かも」

シオニーは眉を寄せた。「でも、首謀者はグラスなのよ！　あの男が――」

「ぞっとするような話ばっかりよ、シオニー」半ばささやくようにデリラはさえぎった。閉まった戸口を見やってから、身を寄せてくる。「あなたが事故に遭ったあと、あいつらのことを図書室で調べたの。アヴィオスキー先生はあたしになんにも教えてくれないから、自分で調査してみたのよ。ニュース記事だけでも……」

デリラはみぶるいした。「全部は書いてないけど、あれでも充分。何家族も皆殺しにされて、血で異様なルーン文字が書いてあって、それに……」蒼ざめる。「サラージは赤ちゃんたちを殺してるのよ、シオニー。孤児院を襲撃して二十三人の子どもを殺したんだけど、そのうちたった――」ごくりと唾をのんだ。「――五人だったの、臓器を摘出したのは。ほかの子は遊びで殺したのよ。異常なけだもの同然だわ。グラスはたくさんのことを自分の手柄にしてるけど――たしかに、ある意味では仕切ってるんでしょうね――切除師でさえないんだもの。たぶん……たぶん、だからサラージを追跡するんだと思うわ。今朝アヴィオスキー先生が誰と話してたとしても、相手は紙工場と車の件をサラージがやったことだって考えてるみたい。ほうっておくには一般市民にとって危険すぎるのよ。グラスは〝抑えられる〟って言ってたわ」

耳の奥が激しく脈打ち、一瞬それしか聞こえなくなった。あれほど多くの死、あれほど多くの凄惨な被害。罪のない第三者だった車の運転手を思った。あの夜の男は——サラージ・プレンディという男は——なんとやすやすと運転手を殺したことか。おそらく、確実に事故の夜に術を発動させるため、タクシーの運転手全員を尾けてひとりひとりにさわったのだろう。

悪寒を感じて椅子に深く座り直した。シオニーとエメリーの出発に合わせるために、いつから家を見張っていたのだろう。自分がライラとかかわったせいで、あと何人が傷つく——殺される——のだろうか。

紙工場の死傷者のリストが頭に浮かび、ひとつひとつ名前を思い浮かべた。ライラとのことがなければ——シオニーが凍らせていなければ——グラスとサラージはロンドンにもダートフォードにもこなかっただろう。被害者はみんなまだ生きていたはずだ。爆弾に点火したのも運転手を殺したのもシオニーではなかったが、非業の死がひとつ残らず重くのしかかった。自分こそ、あの殺人犯ふたりがイングランドに侵入した理由なのだ。

閉じたドアのほうへ視線をやる。あの事故でエメリーは死んでいたかもしれない。同行していたら紙工場で負傷していたかもしれないし、グラスのタイミングが違えばアパートで怪我をしていたかもしれないのだ。ふたりともまだ息をしているのは奇跡だった。シオニーの責任だ。そのことがつらくてたまらない。

実習生ふたりは長いこと無言で座っていた。デリラは窓の外をながめ、シオニーは椅子のビロードの肘掛けを指でとんとん叩きながら。グラスとの会話や、ライラとのあいだに起こったことすべてに思いをめぐらす。エメリーの台所であやうく背骨を折られそうになった最初から、手にした血まみれの紙の〝ライラは凍った〟という決定的な言葉を読みあげた最後まで。

いまやライラに生命はない。部屋の向こうからこちらを見ている政治家の立像同然だ。シオニーがそうした。偶然だったとしても実行した。エメリーが窮地に陥っていたから。死なせるべきではなかったから。たぶん、心の片隅では、はじめて会った瞬間から好きだったから。だが、手を下したのはシオニーだし、自分ひとりでやったのだ。

両腕を悪寒が駆け上った。「解決するのはわたしの責任よ」とささやく。

デリラが窓からふりかえった。「なに？」

「わたしのせい、わたしの責任なの」シオニーはつぶやき、肘掛けから腕をひっこめて膝の上で手を重ねた。「わたしはライラを倒したわ。サラージとグラスをなんとかするのもわたしがやるべきよ」

一度は切除師に立ち向かって勝利をおさめたのだ。また同じことができるのでは？

デリラはしゃっくりのようなおかしな音をたてた。目をまるくして片手で口を覆ってから、ぱたりと膝の上に戻す。「だめよ、シオニー。まさか本気じゃないでしょ」

「残念ながら、人を笑わせるのは得意じゃないの」と答える。指がふるえたが、ぐっとこぶしを作り、深く息を吸った。「サラージのことは知らないけど、グラスとは連絡がとれると思うわ。誘い出すのよ。ただの玻璃師なんだもの。手伝ってほしいの、デリラ。あいつがわたしと接触しようとして使った鏡をつきとめられる？」

デリラの顔は蒼白になった。「あたし……どこから始めたらいいかさえわからないわ！　それにただの実習生なんだし……」

「うちの化粧部屋の鏡よ」シオニーは声をひそめて言った。「まだあそこにかけらがあるわ。あれから跡をたどれる？」

デリラは答えようと口をひらき、また閉じた。刑事省の面々を視界からさえぎっている閉じたドアを見やる。

蛙《カエル》のような声で言う。「たぶんできるけど、そこまでなにかに乗っていかなくちゃ――」

「転移するならいらないわ」胸に勇気が湧いてきて、シオニーは言った。このまま手をこまねいて、なにか別のことが起こるのを待つわけにはいかない。戦わなくては。これ以上自分のせいで墓標が立つ前に、グラスを止めてみせる。「国会議事堂に疵《きず》のある鏡が設置されてるはずがないもの。女性用トイレにひとつあるわ。それを使ってうちのアパートのロビーに転移したらいいでしょう」

「でも、アヴィオスキー先生が――」

「うまくいかなかったら新しい計画を立てればいいわ」シオニーは言った。椅子を前にずらしてデリラの両手を握る。「あなたは絶対にグラスの視界に入らない位置にいればいいのよ。見られるのはわたしひとり。話す必要があるだけなの。あの男がライラのことで交渉したがってたって言ったでしょ？　だったら話し合う用意があるって思わせるわ。それに、アパートで割ったガラスの破片で連絡をとれば、そこから転移してくるわけにはいかないもの。

わからない、デリラ？」と問いかける。「これ以上ほかの人が傷つく前に、このごたごたを終わりにしなくちゃ。わたしならできるわ。できるってわかってる。でも、それにはすぐここを出ないと。まだ時間があるうちに」

「グラスになにを言うつもりなの？」

「それは向こうがなんて言ってくるかによるでしょうね」と告白する。「あっちの計画が知りたいの。適当に話を合わせてるうちに、うまくいけば弱点を見せるかもしれないわ。あいつの目的を妨害できそうななにかを」

デリラは唇をかんだものの、うなずいた。「その話し方、本物の魔術師みたい。わかったわ。でも急がないと」

シオニーは椅子からぱっと立ちあがってデリラと腕を組み、女性用トイレまでひっぱっていった。

(もうこれはわたしの戦いよ)ロビーから足早に出ていきながら考える。(罪滅ぼしをする機会。そろそろこんなことにはきっぱり決着をつけるときだわ)

第九章

二部屋からなる女性用トイレはロビーにおとらず上品だった。入口をあけると、栗色のカーテンをかけたすりガラスの窓と、こぢんまりした休憩所がある。電灯がぴかぴか光る小さな白水晶のシャンデリアが室内を照らしていた。黄色いキバナノクリンザクラをあしらった壁紙が張られ、天井と床に接する部分は栗色で細くふちどられている。隅にはガラス製の化粧台と紫檀のベンチ、小さな丸い鏡が置いてある。西側の壁際には、クッションを敷いた椅子二脚にはさまれて細長い鏡台が据えてあった。上部に金縁のついた長方形の大きな鏡がついている。室内のほかの隅には外国産のシダが飾られていた。隣の部屋にはせまい仕切りがいくつかあった。

シオニーは大きいほうの鏡に近寄り、疵はないかと表面を点検した。もっとも、なにを探せばいいのかまるでわかっていないという気がしたが。デリラはロビーにいたときより動揺した様子で、親指の爪をかじっていた。

シオニーはそちらをふりかえった。「これでできる?」

デリラは鏡に近づいてすばやく確認した。「まあ、そのはずだけど……」言い終えずにただ手をのばし、爪でガラスを叩く。まず中央、続いて端のほうを。

「お願い、デリラ」シオニーは懇願した。「わたしのアパートのロビーにある鏡が見つけられる?」

デリラはうなずいた。「わたしも本物の魔術師みたいにふるまったほうがよさそうね」両手をガラスに押しつけ、目を閉じる。「捜索せよ」と言うと、手の下で鏡が曇った。次々と映像が移り変わりはじめる。この街にある別の鏡の映像に違いない。白い雑巾、散らかった屋根裏、ピンク色に塗った部屋に腰かけてお茶会をしている小さな女の子がふたり。男の驚いた顔、必死でドレスの背中のファスナーをあげようとしている女、それからアパートのロビーにある階段が映った。

「そこ、そこよ!」と叫ぶと、デリラは鏡から両手をひきはがし、自分で見ようと一歩さがった。

つやつやした赤褐色の階段も、電話と電信機が両方置いてある小卓も、映像の端にちらりと映った家主の部屋に続く廊下も見分けがついた。鏡は受付の机に近い壁にかかっている。あそこから首を突き出して左を向けば、建物の正面の入口が見えるだろう。

「通る人に見えるの?」シオニーはたずねた。

「意思を持って動く人なら誰にでも」デリラは答えた。あえぐように深く息を吸って言う。「じゃあ、行くわよ。捕まらないうちに急ぎましょ」

クッションを敷いた椅子のひとつを引き寄せ、その上に立つ。それから、右手の人差し指の先で、鏡の金縁のすぐ内側を時計まわり、反時計まわり、ふたたび時計まわりになぞった。そして命じる。「転移し、通過せよ」

ロビーの映像がゆらいで薄れ、トイレの鏡のガラスが波立ちはじめた。

「向こう側の鏡の大きさが充分だといいけど」とデリラ。

「大丈夫よ」シオニーは請け合った。

デリラはシオニーの手をつかみ、もう一回息を吸い込んで止めた。鏡台に歩み寄り——まだ手をつないでいたので、シオニーも椅子にひっぱりあげられた——銀色のガラスをゆっくりとすりぬける。

友人の手をぎゅっと握りしめたシオニーは、手と腕、肩が通り抜けるにつれ、ガラスの冷たさを感じて息をのんだ。目を閉じて、体の残りを反対側へするりと押し出す。濡れた感じがしたが、その感触は残らなかった。まわりの照明がもっとオレンジに近い色合いに変わり、ロビーの鏡の枠から転がり出たときにつまずいてしまった。デリラが支えてくれた。

シオニーは目をあけ、驚愕にぽかんと口をひらいた。本当にアパートのロビーに立っている！

くるりとふりかえると、鏡はほんの半秒波立ってから、普通の状態に戻った。もう国会議事堂のトイレではなく、自分とデリラの影が映っている。

シオニーは声をあげてデリラに両腕を投げかけた。

「驚いた！」と言い、急いであとずさる。「こんなことができたなんて信じられない！玻璃師になるのってすごいのね、デリラ！」

デリラはにっこりした。「まだ玻璃師じゃないわ、厳密には」

シオニーはデリラの手をつかみ、階段を通りすぎてエレベーターのほうへひっぱっていった。目をみはってこちらを凝視している男のことは無視する。ドア同然に鏡からひょっこり出てきたところを目撃されたに違いない。エレベーターの扉を閉めたが、十二階までゆるゆると昇りはじめると、鏡から鏡への転移を経験した昂奮は徐々に薄れ、不安が湧いてきた。

グラス。

鍵をつまみだし、エメリーとの仮住まいのドアをあけているとき、指がかすかにふるえた。朝となにも変わっていない。フェンネルがソファから期待をこめて見あげてきた。どうやらそこで寝ていたらしい。

「いい子だからこのことは内緒にして」シオニーはひそひそと言った。デリラをひっぱりこみ、ドアに鍵をかけると、先に立って化粧部屋へ向かう。

室内はガラスの破片を三つの目隠し箱にしまったときのままだった。ドアをあけたままにして、ひとつめの目隠し箱の隣に膝をつき、注意深く持ちあげる。

「それじゃ、このかけらはどれも、誰かが通り抜けられるほど大きくないわけね？」と確認する。

デリラは肯定した。「ええ、もう通れないわ。少なくともこの鏡を使ってはね」

シオニーはうなずいた。目隠し箱の蓋をあけ、鏡の破片をひとつ慎重にとりだす。かどがひとつ欠けた細長い三角形だ。手よりちょっとだけ大きい。目隠し箱を閉めてそのかけらをデリラに渡した。

デリラはそれを手の上でひっくり返してから、床に置いた。「術はかけるけど、シオニー、姿を見られたくないの」

「一度見られてるわ。ビストロで」

デリラはみぶるいした。「じゃあ、もう二度と見られたくないわ」

シオニーはうなずいた。デリラはガラスに指を押しつけると、鏡のかけらに顔が映らないように体を引いた。かわってシオニーがその上に身を乗り出し、部屋の窓から洩れてくる光で暗い青に染まった自分の顔を見つめる。

「映し出せ、過去を」デリラが命じると、シオニーの影は化粧部屋をもっと広範囲に映した光景に変わった。

シオニーは唇をなめた。「この部屋で前に起こったことを映せるの?」

デリラはうなずいてささやいた。「犯罪捜査には便利よ。アヴィオスキー先生はタジス・プラフに転任する前に警察で働いてたの」

「本当?」

デリラは首を縦にふってから、目の前の仕事に注意を戻した。「捜索せよ、〝小シオニー〟」と告げる。こちらにささやいた。「あなたの手鏡。長距離でおしゃべりできるように名前をつけたの」

シオニーは微笑した。「すてきね」

「置き換えよ」デリラがびくびくした声で命令した。

ガラスの映像が変化し、その中にベッドの脚と衣裳戸棚が見えた――グラスがこの前立っていたのと同じ部屋だ。シオニーの手鏡はマットレスの真ん中に置いてあるに違いない。視界から外れたところから話し声が響いたので、もっとよく聞こえるように鏡に体を近づけた。

「とどめよ」デリラがささやく。

「――おれに隠れてこそこそ動き続けるのはやめろ！」グラスが小声で鋭く言った。その声はすぐにわかった。

応じた声のほうには聞き覚えがなかった。チョコレートのようになめらかで、母音の大半を省略し、子音の半分はのみこんでいる。「もうどれだけイングランドにいる？」とたずねる。グラスの声より静かで練習を積んだ響きだった。鏡に耳を押しつけないと聞こえず、激しい動悸のせいでいっそう聞き取りにくかった。「三カ月前にジブラルタルへ出港するはずだっただろう。きみの計画だ、憶えているかな」

「野犬と話していても、おまえを相手にするほど同じことを繰り返さずにすむぞ、サラージ」

シオニーは身をこわばらせてデリラに目をやった。茶色というより白く光って見えるほど目をみひらいている。

茫然としていたせいで、サラージが返した最初の言葉を聞きそこねた。「――もう興味はなくなった。きみはいい気晴らしを約束したのに、ここにはわくわくするものはなにもない」言葉を切る。「例の小鳥を片付けて出帆しよう。アフリカ人の血は強力な媚薬になると聞いた」

切除師がほほえんだのが感じ取れた。四肢がいっぺんにふるえだす。

「あいつに死んでもらっては困る！」グラスが叫んだ。シオニーは鏡の破片からぱっと身を引き、デリラはもう少しで取り落としそうになった。「いまのところはな。おれたちにはまだ――」

「なにか新しいお気に入りを見つけることだな」サラージは答えた。口調に怒りがまじる。「きみは勝手にやってくれ。僕は――」

「しっ」グラスが声をひそめてさえぎった。

サラージは答えなかった。一瞬のち、鏡の光景が変化して、衣裳戸棚の正面と部屋のドアの蝶番《ちょうつがい》を示した。グラスが拾いあげたのだ。

いま侵入したばかりだと思ってもらえることを願い、シオニーは鏡に向かって叫んだ。「グラス！　そこにいるの？」と呼びかける。「あなたの魔法を使ってるのよ。話をしましょう！」

ほっとしたことに、グラスはくっくっと笑った。たちまち腕と脚に鳥肌が立つ。鏡の像が変化して暗くなり、グラスの顔が映った。火傷がきれいに治っている。サラージがやったのだろうか。

デリラは縮こまったものの、鏡から手を離さなかった。グラスは背後の部屋をすべて視界から遮断した。サラージがいるという形跡も含めてだ。

「なるほど、小鳥が帰ってきたか」シオニーの向こうを見透かそうとしているかのように、視線が左右に動く。「どの玻璃師に手伝わせている、ふん？　勇敢な男だ」

「あなたの知ったことじゃないわ」シオニーはぴしゃりと言った。声のふるえを抑えようと必要以上に大声で話す。「交渉する用意があるの」

グラスはまた笑った。シオニーは表情を変えないようにしたが、つい口をすぼめてしまった。殺人犯と交渉しても無駄だということは知っている――そこまで頭が悪くはない。それでも、考えが甘いと思われることは有利にしか働かないはずだ。世間知らずに見せるのが最強の切り札だろう。トランプでのごまかし方は知っている。

「正直、協力してもらえるとは期待していなかったな」グラスは声を低くして言った。

「協力するのはサラージ・プレンディをこの件から外したときだけ」と応じる。「これはふたりだけの話よ」

グラスは眉をひそめた。額の血管が浮き出して脈打ち、その後ろでドアが閉まった音が聞こえた気がした。切除師は立ち去ったのだろうか？

「あいつはどうしようもない間抜けだ」グラスは鋭い犬歯がのぞくほど口を広げてにやりとしたが、まだ額に青筋が立ったままだった。耳も赤くなっている。「あいつのことはおれが引き受けるさ、嬢ちゃん。心配するな。おれはまだおまえに死んでほしくない。必要な情報を持っているうちはな」

デリラがかすかにうめいた。シオニーは黙っているよう合図した。

「よかった。もう話がついたみたいでうれしいわ」

グラスの額の青筋が消えた。「聞いているぞ。話せ」

「そんなに簡単にはいかないわ」とシオニー。「サラージがわたしたちに手を出さないっていう保証がほしいの。実際、なるべく遠くに行ってほしいわ」（ジブラルタルでもアフリカでもかまわない。とにかくどこかへ行かせて）

「わたしたち？」グラスは繰り返した。「おまえとセインか？」

「わたしたちっていうのは、イングランドに住んでる全員って意味よ」と言い返す。「視野を広げて考えて、グラス」

相手は含み笑いした。「おれがサラージを国外に脱出させたら、おまえはささやかな秘密を打ち明けるわけだな」

「あなたも脱出してちょうだい」シオニーは言った。「望むものは渡すけど、あなたは

――ライラも――永久にいなくなってほしいの」（わたしの思い通りにいくなら、牢屋の中がいいわ）

グラスは一瞬ためらったが、答えた。「よし」

シオニーは驚きを隠そうとした。本気で言っているようだ。ライラをもとに戻したら、グラスとサラージは本当に立ち去るだろうか？　いや、戻す必要さえない。最初にどうやって凍らせたか話せばいいだけだ。その情報を悪用できるとは思えなかった。少なくとも玻璃師には無理だろう。

（なにを考えてるの？）と自分を叱る。（あんなことを本当に教えるわけにはいかないわ。向こうが弱点をさらけだすまで、餌にするだけよ）

ともかくサラージのほうは、どっちみち出発したがっているようだ。いくらか安堵したものの、不安も感じた。あの切除師は次に誰を傷つけるだろう。

取引を頭の中でよくよく検討する。グラスを必要なだけ長く油断させてやっつけることができるだろうか？

「思い直したか？」グラスがたずねた。「手を引くには遅すぎるぞ、お嬢ちゃん。いまやるか、サラージに痛い目に遭わされるかだ、わかったな。街に家族がいるのか？　たとえばかわいい妹でも？」

心臓が早鐘を打った。胸が冷たくなる。シオニーはごくりと唾をのみ、激しい不安や狼狽を隠そうとして深く息を吸い込んだ。「ラ、ライラはどこにいるの？」

「連れていってやる」玻璃師は言った。ひとあし鏡から後退する。「どこにいるか教えろ」

「現場で会うわ」シオニーは切り返した。記憶からエメリーの予定を引き出す――明日の一時にもう一度国会議事堂で会合があるはずだ。またもやシオニーが参加できない会合が。ちょうどいいタイミングだった。

「あした、お昼のあとで」と言う。「おなかが空いたまま協力したくないの。一時半に」

デリラの目がとびだした。鏡から手を離さずになにか身振りで伝えようとしたが、シオニーは無視した。

グラスは笑った。「ロンドン郊外の南のほうに使われていない納屋がある。ハングマシズロードが二股に分かれるところまで行って、舗装されていない通りを西へ向かえば見える。道の外れ、丘陵地帯の麓だ。ひとりでこい、運転手ひとりでも一緒にいたら、レストランにいた金髪の娘を見つけて遊んでやるぞ。わかったか？」

デリラは蒼ざめたが、ありがたいことに術は解かなかった。

シオニーは咳払いしてから答えた。「玻璃師製のガラスみたいにはっきりとね。同じ言葉を返すわ」

グラスはまた笑い声をあげた。「それで、折り師ごときがおれになにをすると？」

「わたしはただの折り師じゃないわ、憶えてないの？」シオニーは嘘をついた。鋭く合図すると、デリラが小声で言う。「停止せよ」グラスの映像は消え失せ、鏡に映っているのはシオニーの顔だけになった。

十階分の階段を駆けおりたばかりのように息を切らしながら、シオニーは鏡のかけらを床から拾いあげて目隠し箱に押し込んだ。

「だめよ！」デリラが睫《まつげ》に涙をためて叫ぶ。「あいつと会うなんて絶対だめ！　先生たちに話さなくちゃ！」

「それであなたに怪我をさせるのを許すわけ？　うちの家族に？」シオニーは反撃した。「あいつがサラージを持ち出したのは冗談だったと思ってるの？　言ったでしょう、デリラ、これはもうわたしの戦いなの」両手をもみしぼり、胃がむかむかする感覚を無視しようとつとめる。「必要なのは準備することだけよ」

デリラはうなずいた。「準備ね、わかった。あたしたち……ふたりでなんとかなるわ」

シオニーは椅子に深く座り直して両手で体を支え、長いあいだ考えた。「相手の裏をかかないと。うまくいかなかったときの計画も立てておくべきね」と言う。「でも、あいつらを始末できるならやるわ。やらなくちゃ」

「罠を仕掛けられる？」デリラがたずねた。「なにか……紙で？」

シオニーは元気づいた。「家に連れていってもらえる、デリラ？　セイン先生の家に？」

デリラの額に皺が寄る。「そこでなにが必要なの？」

「大きな紙飛行機よ」とシオニー。「それに紙人形」

第十章

次の一時間を鏡渡りに費やしたあと、大急ぎで国会議事堂のロビーに戻ったシオニーとデリラは、廊下を監視していた赤い制服の近衛歩兵たちからいぶかしげな視線を向けられた。ドアが閉まっているのを見て心からほっとする。中ではヒューズ師が大声でしゃべっていた。めまいを抑えようと赤いビロードの椅子に沈み込む。

デリラがドアをながめつつ、カニのような横歩きでもうひとつの椅子にちょこちょこと近寄った。戸口はひらかなかったので、無事に腰をおろす。

シオニーは身を乗り出し、デリラの手首をつかんで迫った。「ひとことも言わないって約束して」

「でも――」

「ひとこともよ！」鋭くささやき、自分でもまたドアを見やる。椅子を後ろにずらす音が聞こえたと思ったが、気のせいだろうか？　まあいい。ふたりがなにをしていたか知る手立てはないのだ。

深々と息を吸った。エメリーのことだから、冷静そのものの態度をとらないかぎり、なにか気づくだろう。必要なら、会合から締め出された不満をせいぜい誇張してみせよう。

ふたたびデリラに目をすえて要求する。「約束して」

デリラはしゅんとした。「約束するわ」とつぶやく。「ねえシオニー、プラフであなたをもっとよく知ってたら、絶対卒業試験には合格しなかったでしょうね！」しゃっくりする。「胸やけがするわ」

会議室の右側のドアが内側からひらき、可塑師――プラスチックの魔術師――ということしか知らない男が出てきた。まだ室内に注意を向けたままだ。楕円形のテーブルを囲んでいる椅子はもう空いていたが、魔術師や制服姿の警官が二、三人ずつかたまって小声で話し合っていた。

椅子をデリラに近づけて、シオニーはささやいた。「あしたのことを忘れないでね」

デリラは手のひらで両腕をさすった。「でも、どこでやるの？」

「トイレよ」シオニーは会議室に目をやって答えた。集まりが解散しはじめ、人々がじりじりと戸口に近づいてきた。「トイレには内側からかかる鍵がついてるから」

魔術師たちがぞろぞろとロビーに入ってくる。シオニーはデリラからぱっと離れ、三つ編みが少々乱れているのを目にとめて髪をなでつけた。午前中ずっとなにもせず座っていただけで編み下げがくしゃくしゃになることはないだろう。

エメリーは気づくだろうか。そもそもどの程度シオニーのことを気にとめているのだろう、と思わずにはいられなかった。アパートの居間での会話がまだ心にひっかかっている。

会議室のドアに視線をすえ、ヒューズ師がロビーに出てきて知らない男と話しはじめるのを観察した。カントレル師――車が川に突っ込んだあとエメリーを取り調べた精錬師――が後ろに続く。

アヴィオスキー師とエメリーが近づいてくると、デリラがばねのように椅子からとびあがり、たったいま盗んできたと言わんばかりに鞄を握りしめた。シオニーは反応をこらえた――デリラがあのしぐさだけで秘密をばらしませんように、と祈る。

「遅くなってすみませんでした」アヴィオスキー師が言い、肩越しに背後のヒューズ師を見やった。「とくに話が長い人がいたもので」

シオニーはあくびを洩らすふりをして片手で口を覆った。「たしかに長かったですね、本はどれも退屈だし。わたし抜きで決めた内容は、きっとひとつも教えていただけないんでしょうね?」

エメリーが顔をしかめたが——目もとだけで——応じる前にアヴィオスキー師が答えた。「その通りですよ、ミス・トゥィル。知らないほうが安全ですから。この件が解決したらもちろん、あなたが報告を受けるようにします」

エメリーがシオニーの本の山をとりあげて小脇にかかえ、それからもう一方の手を肩にかけてきた。「帰ろう。復習することがある」

アヴィオスキー師が咳払いし、シオニーは眼鏡に囲まれた瞳がまっすぐエメリーの手を見ていることに気づいた。その視線がさっとエメリーの顔まで移動する。

「よろしければ、セイン先生、少しシオニーとふたりきりで話したいのですが」アヴィオスキー師は言った。「ほんの少しです」

胃がわずかに落ち込んだ。なにを話し合いたがっているのかわかる気がしたので、エメリーと視線を合わせないよう懸命に努力する。

デリラが心配そうな顔をした。

「いいでしょう」エメリーが答え、手を離した。シオニーに声をかけてくる。「外にいる」

「デリラ、ここで待っていてください」エメリーが立ち去ると、アヴィオスキー師は言った。「ミス・トウィル、こちらへ」

さらに胃が沈み込むのを感じたシオニーは、アヴィオスキー師から二歩さがって続いた。皮肉なことに、たどりついたのはデリラが魔術を使ったばかりの女性用トイレだった。

あえて鏡を見ないようにする。アヴィオスキー師はさっき鏡台にあがりこむのに使った椅子を示した。シオニーは無言で腰かけた。

「折り師になるようにと指定したとき」アヴィオスキー師は背中で手を組み、行ったりきたりしながら切り出した。「実習生としてふさわしい行動と、セイン先生のところで仕事が始まったらなにを期待されるか、ということについて話しましたね」

眉を寄せまいとしながらシオニーはうなずいた。

「ひょっとすると、言い忘れていたことがいくつかあったかもしれません」アヴィオスキー師は少し間をおき、丸縁眼鏡を鼻の上に押しあげた。「たとえば魔術師を呼び捨てにするといったような」

シオニーは赤くなった。「わたし……そうするつもりじゃなくて、ただ——」

「この場で伝えておきますが、わたくしは魔術師と実習生が男女で組むことをよく思っておりません」アヴィオスキー師は続けた。「ですから、必要とみなさないかぎりそういう配置はしないのですが、あなたの場合はしかたがありませんでした。十二人の折り師のうち十一人は男性で、唯一の女性はもう実習生をとっていましたから」

シオニーは片手を頰にあて、なんとか冷やそうとした。エメリーのことをあれこれ夢想してはいたものの、こんなに屈辱的なできごとが起きようとは考えもしなかった。

「あなたとセイン先生は、どう見てもお互いに親密すぎます」アヴィオスキー師は言葉を続け、ちらりとこちらを見てからトイレのシダのひとつに視線を移した。「といっても、あなただけのせいとは思っておりませんよ、ミス・トウィル。ここにきたのは叱るためではなく、警告してあなたを守るためなのです」

シオニーは椅子に座ったまま身を乗り出した。「守る？　いったいセイン先生がなにをするって思ってるんです？」そこで蒼ざめる。「まさか、このことを先生に話したりしてませんよね？」

「ええ、話していません」玻璃師は認めた。「まずあなたと話したかったので」

シオニーは長々と息を吐き出し、少なくともそこまで恥をかかずにすんだことに無言の感謝を捧げた。

椅子の上でうなだれ、床に目を落とす。

〝なぜここまでしてくれる、シオニー？〟

〝理由は知ってるでしょう〟

大きく唾をのみこむ。とうてい理解が及ばないほど広いカンバスにぽつんとなすりつけられた絵の具になった気がした。

アヴィオスキー師は言った。「配置換えすることがあなたにとってもーーセイン先生にとってもーー最善のことだと思います」

胃がくるぶしまで沈み込んだ。

「わたくしが手配しておきましょう」アヴィオスキー師はさらに続けた。「ハワード先生の実習生は夏の終わりまで魔術師にならない予定ですが、先生は折り師の数を増やすためにふたりめの実習生をとることに同意してくれました。とても友好的な方だと思いますよ、それにーー」

「配置換えなんてしたくありません」いまや眉間に深く皺を刻んで、シオニーはさえぎった。「セイン先生のところで勉強を続けたいって前に言ったはずです」

アヴィオスキー師は眉をひそめた。「そしてわたくしが言ったように、あなたがたふたりは親密すぎます。見ていないと思っているでしょうが、わたくしの目には入っているのですよーー」

「たとえばなにが？」シオニーは立ちあがって口走った。

「実習の責任者として」アヴィオスキー師は続ける。「あなたを配置換えすることに決めます。いったん手配がすんで話を通したら──」

「親密に決まってるでしょう！」シオニーは声を荒げ、アヴィオスキー師の台詞をすっぱりと断ち切った。「一緒に住んでるんです！　勉強を教わってるんです！　あの人の心臓の中を歩いたんですよ、アヴィオスキー先生！　ご存じのはずです！」

「ええ」アヴィオスキー師はこわばった口調で言った。「憶えていますよ。そこであなたがなにを経験したのかということについて、ふたりとも信じられないほど曖昧だった事実もです。それでよけい心配になるのですよ」

シオニーは頭をふった。体が熱い。自分の脈拍がじわじわと血を沸騰させつつあるかのようだ。「そんなこと関係ありません。大事なのは──」

「なにが大事でなにがそうでないかを決めるのはわたくしです、ミス・トゥイル！」アヴィオスキー師は言い返した。

「違います！」シオニーは相手が一歩あとずさったほど大きく叫んだ。「あそこがどんなふうだったか先生にはわかってません。なにがあったかなんて理解できるはずがありません！　わたしは自分の心よりよくあの人の心を知ってるんです、わかりませんか？」

アヴィオスキー師は答えなかった。

「生まれてからずっとあの人を知ってたような気がします」声をやわらげてシオニーは続けた。「まるで最初からわたしの人生の一部になるって決まってたみたいに。それに折り術は……わたしが折り術を好きになったのは、あの人が教えてくれたからです。あの人がありふれたものの美しさを見せてくれたんです。わたしの中にある美しさを」

「ミス・トゥィル――」

「あの人が好きです」と告げると、アヴィオスキー師の瞳が皿のように大きくなった。「ずっと好きだったような気がします。まるで、この前あげた貧弱な紙の心臓がわたしの心臓だったみたいに……」

しゃべりすぎたことに気づいて言葉を切る。アヴィオスキー師は仰天して黙り込んでいた。

シオニーは背筋をのばし、むりやり冷静な口調を作った。「規則は破ってません」と言う。「よく調べたんです。必要なら一語一語暗誦できますよ。こっちが規則を破るまで、先生が行動を起こす必要はないでしょう、ましてそんなに思いきった措置をとる必要なんて。ふたりとも納得できる方法がなにかあるはずです」

アヴィオスキー師は唇をすぼめた。

「現在のところは」シオニーはできるかぎり堅苦しい言い方をした。「セイン先生のもとで勉強を続けさせていただきたいと思います」

ドアのほうへ歩いていったが、あける前につけたした。「もしこれで違いがあるなら言っておきますが、きっとセイン先生のほうはこんなことおっしゃらないと思います。わたしの気持ちは完全に片想いですから」

急いで戻っていった廊下はトイレよりずいぶん涼しく感じられた。両手を頬に、続いて首筋に押しつけ、肌を冷やそうとする。風を通そうとブラウスの前をつまんでゆすった。

タイルを敷いた廊下の床に踵《かかと》の音が大きく響いた。

泣くまいとぱちぱちまばたきする。よくも無関係なことに首を突っ込んでくれたものだ！

深く息を吸い込み、呼吸を止めたまま何歩か進んだ。

エメリーの腕に包まれた感触が肩に残っている。家の脇を流れる川の暗い水の中でふるえていたとき、額にあてられた唇のぬくもりも。エメリーが考えごとに没頭して遅くまで過ごした夜、何度内心を隠すために謎めいた表情を浮かべていたことか。あの意識して作った顔つき、読み取れないまなざしの奥に、なにが隠れているのだろう。

〝完全に片想い〟だが、そうだろうか？

そんな考えを頭から追い払い、喉につまった小さなかたまりをのみくだした。いまは乙女の物思いにふけっている場合ではない。

肩越しにふりかえると、アヴィオスキー師の姿はなかったが、デリラとは目が合った。くしゃくしゃに顔をしかめているところから判断して、さぞひどい様子に見えるのだろう。シオニーはなんとかうなずいてみせると――グラスに関してはふたりとも安全だ――背を向けて両手で自分をあおいだ。少しだけ時間をとって心を落ちつかせる。

エメリーは国会議事堂の東の出入口のすぐ外で待っていた。車のかたわらで運転手と立ち話をしているようだ。シオニーを見ると目が細まった。

運転手がせかせかと運転席のほうへまわった。エメリーは途中まで迎えにきてたずねた。「どうした？」

シオニーはかぶりをふってその脇を通りすぎた。「なんでもないの」と言う。「アヴィオスキー先生がいかにも先生らしかっただけ」

緑の瞳から懸念の色は消えなかったが――むしろ強まった――あえて答えは求められなかった。体越しに手をのばし、車のドアをあけて乗るのを手伝ってくれる。

帰り道は長く、会話もなかった。

第十一章

折り紙の教科書の表紙に顔を近づけたシオニーは、注意深く三角折りの端を合わせてから親指の爪で折り目をつけた。できたばかりの三角形を持ちあげてひらくと、押しつけて四角形に折る。これは鶴の形をした鳥の四羽目だった。経験上、紙の鳥はいくつあってもいいものだとわかっていたからだ。

寝室のドアを叩く音がした。ベッドの下をちらりと見てから――秘密がちゃんと隠れているかどうか確認するために――「どうぞ」と声をかける。

エメリーが戸口をあけて室内に二歩踏み込んだ――一ヵ月前にようやく越えるようになった敷居だ。シオニーが手に持っているできかけの鳥と脇にある鳥、防御の鎖の輪をながめる。おそらく床に散らばっている手裏剣とコウモリと波紋の術もだろう。わざわざ隠したりしなかった。全部さらけだしておいたほうが疑いを招かないだろうと考えたのだ。

「忙しかったようだな」エメリーは後頭部をかきながら論評した。「それなのにこちらは、自由時間を充分与えなかったと思っていた」

シオニーは紙をひっくり返してもうひとつ四角形を折った。「二年で魔術師の試験を受けるつもりだもの」と言う。「合格したかったら練習しないと」

エメリーは歯を見せずに微笑したが、その瞳には別のものが浮かんでいた——郷愁か、なにか似たような感情だ。憂愁だろうか。

「そんなにさっさと出ていきたいのか？」とたずねる。

シオニーは折る手を止めた。「そういうことじゃ——」

「わかっている」エメリーは言い、その表情は消えた。頭の奥で輝いているあの光とたわむれた影がなんだったにしろ、瞳が覆い隠してしまう。

シオニーはそういうときが嫌いだった。

エメリーは室内をもう一度見渡した。作品が整頓されていないことに内心で眉をひそめているのかもしれない。「魔術師になったあとも連絡をとりあおう」と言う。「資格をとるのに二年以上かかったら驚くな」

シオニーは鳥に集中し続けた。（本当にそうしたいから言ってるの、それとも礼儀上言ってるだけ？）

エメリーは居間に戻り、こちらの部屋のドアをそっと閉めた。シオニーは折り紙の鶏を二羽作ると、ベッドの下から鋏と紙人形をとってきた――家からこっそり持ち出したのだ。明日グラスに立ち向かう前に、できるかぎりの準備をしておく必要がある。もうほとんど完成だった。あと二カ所鋏を入れれば輪郭を切り離せる。きちんと切り抜いていれば術がかかるはずだ。かからなければ最初からやり直しだが、明日一時半の待ち合わせまでに終わらせる時間はない。

下唇をかみ、慎重に紙人形の右の腰の線を切る。人形はつながった紙からはがれおちた。

シオニーは紙人形の肩をつかんで立ちあがり、戸口から直接見える部分をよけて衣裳戸棚へ持っていった。寝室には鍵がないのだ。平面の頭をゆらしながら、なるべくまっすぐに持って命令する。「立て」

切り抜いた紙が硬くなって自立したので、ほっとして元気になった。薄いボール紙に近い感触だった。支えていた肩を離す。

次は実地試験だ。エメリーが術をやってみせたときの真似をして、紙人形から二フィート離れて立ち、その輪郭と体の位置を合わせるようにして命じる。「複写せよ」

ほのかな色が――物語の幻影のときと似ている――人形の表面に漂いはじめた。頭はオレンジ色に染まり、シャツは灰色、スカートは紺色に変わる。色彩はくっきりと濃くなり、やがてシオニーそのものの平たい複製が向かい合わせに立っていた。人形が浮かべている期待に満ちた表情は〝複写せよ〟という命令を出したときの顔つきに違いない。裏側もシオニーの後ろ姿と一致していた。真正面か真後ろからなら本物の人間に見える。それ以外の角度では、あきらかに紙人形だ。

シオニーは一歩さがってベッドに座り、自分の作品をしげしげとながめた。紙にしてはなかなかの幻影だ。もっともこの人形に話はできないし、周囲の環境との交流はきわめてかぎられている。なにしろ関節もなければ脳みそもないのだ。多少透けてしまうとしても、玻璃師ならもっと上手な幻影が作れるだろう。あるいは可塑師なら。可塑師はいつでも、プラスチックであれほど複雑なものを作っているのだから。

シオニーは人形を見つめ、元気がしぼむのを感じた。

ライラのことを考える。

エメリー・セインの心臓には、短い滞在中に見てこなかった隅や通路がいくつもあった。たとえば結婚したライラ以外、以前好きだった相手のことはなにも知らない。紙人形をながめていると、自分とライラの身体的な違いに気づかないわけにはいかなかった。鋭い記憶力のおかげで、ライラのことは服の縫い目に至るまで思い描くことができる。

さまざまな意味でエメリーの心臓《ハート》を盗んだ黒服の切除師のことを頭から追い出し、エメリーが恋に落ちた女性のほうを心に浮かべた——日暮れどきの花咲く丘にいた姿や、ほんの一瞬シオニーがその立場になった、古風な結婚式でのライラを。

認めるのはいやだったが、ライラはこれまで見た中でいちばんの美女だった。鏡に映った自分よりはるかに魅力的だ。いまの場合は紙人形で見る自分だが。ライラは黒い巻き毛と黒く長い睫、黒い瞳を持っている。シオニーの髪は妙なオレンジ色だし、少しうねっているせいでもつれて扱いにくい。睫も眉毛も金色で、目の色も薄かった。ライラの体形は、あやしげな劇場の外で色っぽい写真に映っている女の子なみに豊満だ。シオニーの輪郭はもっと細く、鋭い角度や平たい線ばかりときている。背も低くて、頭のてっぺんがエメリーの喉仏と同じぐらいの位置にある。靴を選べば、ライラはエメリーと目の高さが同じになるだろう。

切除師になる前、ライラがどんなふうだったのかはたいして知らない——看護師で、もっとずっと感じがよかったということだけだ——だが、自分とエメリーの元妻はまるで違う人間だということだけはわかっていた。

だとしたら、どうしてエメリーのような男性がこんな地味な娘を好きになるなどと信じられるだろう。

シオニーはベッドに仰向けになり、ベージュの天井を凝視した。またあの偶然の箱のことを考えた。切除術が原因の眠りからエメリーが目覚めた日に折ったものだ。心臓の中で見たどんな光景にもおとらず鮮明な幻だったが、未来は常に変化する。田舎の市《いち》に店を出す占い師なら誰でもそのぐらい知っている。いま読んだら、エメリーの未来に自分はそもそも含まれているだろうか。紙の魔術師がもう一度願いを聞いてくれたとしても、知りたいとは思わなかった。

脳裏からライラを押し出し、期待を持たせてくれたささやかな瞬間をひとつ残らず思い浮かべる――エメリーもシオニーのことを多少は気にしてくれているかもしれないという証拠を。

それに、別の魔術師のもとで実習させようとまでしたのなら、アヴィオスキー師はあきらかにふたりのあいだになにかあると感じているのだ。すべてが自分だけの思い込みであるはずがない。

〝きみは私の実習生だ。おそらく……おそらくそのことを指摘する必要はないと思うが〟

自信がしぼんだ。あるいは、アヴィオスキー師が見たのはまさしく片側だけ、だったのかもしれない。先にエメリーと話さなかったのも当然だ。いや、セイン師だった。

シオニーは目を閉じて心をさまよわせ、やがて心臓への旅から六週間後への記憶にたどりついた。とりわけ暑い水曜の午後のことだ。（ひょっとしたらうまくいくかもしれない。わたしには好きになるだけの価値があるのかも）と思った最初の瞬間だった。

シオニーは家のせまい裏庭に小さな野菜畑を作りはじめたところだった。そこなら地面が紙の植物に覆われていないからだ。目の前に広がる黒い表土で汚れた手袋をはめ、自分で準備した小区画にしゃがみこんでいた。小枝で編んだ帽子のつば越しに陽射しがふりそそぎ、スカートに模様を映し出している。最後の種――ハツカダイコン――を蒔いたあと、地面から立ちあがって体をそらすと、痛む背中が四ヵ所もぽきぽき鳴った。

エメリーが隣に現れた。「よくやったな、シオニー、ずいぶん広い範囲の土が見えるようになった」

「一月かそこらでわたしに感謝するでしょうね」シオニーは手袋を脱いでやり返した。「来年にはもっと広くしてくれって土下座することになるから」

エメリーは微笑すると、手をのばしてシオニーの頬に親指を走らせ、そこについていた泥を払い落とした。もちろんシオニーは、もうすぐ生えてくるトマトより真っ赤になって恥ずかしい思いをした。

だが、エメリーは手をすぐには動かさなかった。躊躇してこちらを見つめ、あの美しい緑の瞳で皮膚に穴を焼きつけた。

「な、なに？」シオニーは口ごもった。

相手はほほえんで手をおろした。「ああ、なんでもない。ただ、きみの名前がとても好きだと考えていただけだ」

シオニーは瞼をひらき、現実に自分を引き戻した。体を起こし、紙の人形のうつろな瞳と目を合わせる。「停止せよ」と言うと、紙は床に崩れ落ち、その過程で色を失った。

そのあとシオニーはマットレスからすべりおりて床に膝をつき、ベッドの下に手をのばした。エメリーの家からはあまり持ってこられなかったが——隠したものが見つかったら全部説明しなければならないからだ——紐状の紙の茎に指をからめ、エメリーが誕生日に作ってくれた紅薔薇の一本を引き出した。赤い紙の花弁にはまだ皺ひとつなかった。

生きているような花の蕾をなでる。

（二年間待てるわ）薔薇を手の中でまわしながら考える。（必要ならあの人のために二年間待てる。わたしのことを好きになってくれるんだったら、一生だって待つわ）

だが、二年でさえ永遠のように思えた。エメリーがほかの人を見つけたら？　早くふたりで家に帰れるよう祈るしかない。紙の魔術師が隠遁生活に戻り、誰も新しい相手と会わずにすむように。

溜め息をついて薔薇を隠し場所に戻す。恋に悩む女生徒さながらにうじうじして、どれだけ時間を無駄にしたことか！

紙人形を引き寄せてしまいこんでから、仕事に戻る。作りかけの紙の鳥を脇に置いて、小さな破裂の術を一組作りはじめた。これ以上エメリーについて夢想しているわけにはいかない。その件は待てる。待たなければ。

いまは準備をしなければならない。切除師たちを操れるかどうかはシオニーにかかっている。エメリーと自分自身を守れるかどうかも。

夜更かしして術を折り、気をつけて袋の中に並べた――ファウルネス島でライラと対決したときに武器をつめこんだ袋だ。

寝る前にタサム雷管式ピストルに弾を装塡し、その重みをたくさんの術に加えた。戦いに勝つのに、いつも魔術が必要とはかぎらない。

第十二章

翌日エメリーと国会議事堂にきたとき、デリラと会議室の外に座って待つようにと言われたシオニーは、この前ほど強く抗議しなかった。

「今回はあれほど長くかからないだろう」ほかの刑事省の関係者が両開き扉の会議室にぞろぞろと入っていくとき、エメリーはささやいた。首筋に息があたってぞくぞくしたが、シオニーはうまく隠した。「まったく、この前ほど長くないことを心底願うよ」

エメリーは溜め息をついて会議室のほうへ向き直った。扉の外には眉をひそめたアヴィオスキー師が残っていた。だが、今回はその表情がエメリーに向けられている。どういうことだろうとシオニーはいぶかった。

扉が閉まり、デリラとシオニーは椅子に腰かけた。

耐えられるだけ長く——ほぼ五分間——待ってから、シオニーは友人をふりむいた。

「行きましょう。早く!」

ふたりは疲れた様子の近衛歩兵たちを通りすぎ、ロビーから女性用トイレまで走った。シオニーは個室を点検して部屋に人がいないことを確認すると、戸口の差し錠をかけた。

「あれを持ってきた?」デリラにたずねる。

小さな手でハンカチをねじりはじめたデリラは、うなずいて鏡台に急いだ。その後ろから、楕円形をした枠のない中くらいの鏡をひっぱりだす。裏張りは薄いプラスチックだけだ。ひびも曇りもなく、シャンデリアの光できらきらと輝いた。玻璃師製の鏡だ。シオニーの姿がようやくおさまる程度の大きさだった——肩と腰より数インチ広いだけだ。

シオニーはその鏡をそっと腕にかかえた。

「割らないでね、でないと引き戻せなくなるから」デリラが注意する。「ゆうべアヴィオスキー先生が寝たあとでここに転移しなくちゃならなかったわ。絶対近衛歩兵のひとりに見つかると思った。それを反対向きにして」

シオニーが鏡を相手のほうへ向けると、デリラは指でなぞってトイレの鏡と同期させた。シオニーは紙飛行機をエメリーの家から待ち合わせの地点まで飛ばし——少し遅れそうだ——この楕円の鏡を通って国会議事堂に戻るつもりだった。まずいことになったらさっさと逃げ出せる。なにもかも計画通りにいけば、グラスの能力を奪い、紙の鳥を一ダース飛ばして地元の警察へ知らせる予定だった。

デリラがふたたびトイレの鏡に術をかけ、エメリーの家の浴室を映した。それからシオニーの両頬にキスする。

「急いで、それと気をつけてね」とささやく。「一時間で戻ってこなかったら、約束を破って先生たちに話すから」

「二時間にして」とシオニー。「念のためにね」

「長くても一時間半」デリラは言い返した。深く息を吸う。「行って、おばかさん。殺されないでよ!」

楕円の鏡を握りしめたまま、シオニーは鏡台にあがって家の浴室に足を踏み入れた——浴室の鏡の大きさのせいで、せまい場所をくぐりぬける感じになった。陶製の流しの上におりたち、タイルの床へとびおりる。必要なものは全部すでに準備して袋に入れてあったので、浴室から駆け出すと、廊下を走って階段を上り、三階へ行く。そこには紙飛行機や巨大な紙の鳥、まだ完成していないほかの装置を含めたエメリーの〝大きな〟術が置いてあった。こっそり嗅ぎまわって見つけたのだ。むきだしの壁の広い室内には、腰かけがひとつ置いてある以外なんの家具もなく、しっかり掃き掃除をする必要があった。

防御の鎖を胴に巻きつけたあと、シオニーは紙飛行機の上に立った。家の屋根の戸をあける紐を引き、一羽の鴉から怒った鳴き声をぶつけられる。それから紙飛行機に乗り込んで手すりを握り、「息吹け」と命じた。

体の下で装置が野生馬のようにはねあがった。手すりをぐっと引くと紙飛行機は機首を先に屋根を抜けて舞いあがり、もう少しで上から転がり落ちそうになった。空中で機体をまっすぐに直し、南へ向けたあとでようやく、屋根の戸を閉めに家へ帰らなければならないと気づいた。それまでに雨が降らないことを願うしかない。

道路や川の制限を受けず、どんな車よりはるかに速くロンドンをめざして飛んでいく。川にはできるだけ近づかないようにした。丘が少なくて道筋が単調なことをのぞけば、どこもかしこもクリスマスの時期におもちゃ屋が売る精巧な鉄道模型のようだ。なるべく目撃者を少なくしたかったので、街の上空を通るより迂回するほうを選んで西へ向かった。風が髪にあたり、三つ編みを鞭のように叩きつけてくる。シオニーは紙飛行機に体を押しつけ、もっと速くと念じた。デリラの決意が崩れるまでしか時間はないうえ、それさえ合意した一時間半より短くなりそうな気がする。灰色がかったテムズ川の上を飛んだときには息をこらしたが、避けては通れなかった。

血液にアドレナリンが流れ込んできたのは、ロンドンを通りすぎ、ハングマンズロードはどこかと地面を探しはじめたときだった。急に自分の判断がひどく現実味を帯びてきて、耳もとに吹きつける風より鼓動のほうが大きく響いた。紙飛行機の手すりをつかんだ手に汗をかきはじめ、指の関節が白くなるまでぎゅっと力をこめる。

シオニーは速度をゆるめて紙飛行機を地上のほうへ向けた。西へまがり、放棄された長い耕地を区切っている、まだらな緑に彩られた低い丘の線をたどっていく。その丘陵地帯の陰に、何頭か動物を飼えるぐらい大きな錆色の納屋が見えた。暗褐色の屋根の西側は風雨で傷んで点々と穴があいており、白い縞の入った正面のドアの一枚は蝶番からななめにぶらさがっていた。右へほんの二、三フィートのところに崩れた牛小屋がある。紙飛行機をうまく上昇させて建物と丘を旋回し、おかしなものはないか、グラスが罠を仕掛けたことを示すしるしはないかと探す。なにも見あたらなかった。

「そっと着陸して、お願い」紙飛行機に頼み込み、納屋の東へ導く。紙飛行機は三回半まわってから、長い草の上を横すべりして止まった。

シオニーは痛む手をほぐし、紙飛行機からすべりおりると、納屋に警戒の目を向けた。グラスの姿はない。ともかく、いまはまだいないようだ。

袋を探って紙人形を広げる。「立て」と命じた。

紙人形は硬くなって立った。自分の体を人形と並行にしてシオニーは言った。「複写せよ」

人形にシォニーと同じ色が宿った。風でくしゃくしゃになった髪もなにもかもだ。なでつける手間はかけなかった。

デリラの鏡を胸もとにつかみ、紙人形を片腕でかかえると、草ぼうぼうの地面で可能なかぎり足音を忍ばせ、用心深く納屋に近づいた。かたむいたドア越しに中をのぞきこむ。

屋根の穴から陽射しが幾筋も納屋に流れ込んでいた。ばらばらになりかけた木材で仕切ったからの馬房が壁の二面に並んでいる。壁際にはかつて道具をかけていた鉤や輪がとりつけられていた。土の床に古い干し草が何本か散らばっている。屋根の垂木は鳥の糞で汚れていた。だが、本当に注意を引きつけたのは数々の鏡だった。

広い空間を何十枚もの鏡が占領している。デリラの手鏡ほど小さいものもあれば、シオニーが壊した化粧部屋の鏡ほど背の高いものもある。納屋じゅうに立てたりつるしたりしてあり、壁際にも床にも、上下左右あらゆる方向へかたむけて設置されていた。この待ち合わせのためだけに用意したのか、それともずっとここにひそんでいたのだろうか？

シオニーは紙人形にささやきかけてドアの外に残し、納屋の中へ踏み込んだ。楕円の鏡を壁に立てかけ、影を映す姉妹たちにすっかりとけこんでいることに満足する。防御の鎖の輪を点検し、袋に手を突っ込んでひとつひとつ術にさわった。ピストルの銃身に指を置く。

「グラス！」と叫ぶ。「どこに――」

「おれは約束には遅れないぞ、お嬢ちゃん」甘ったるい声が言った。くるりとふりむいたシオニーは、まず鏡の中にその姿を認め、それから反対側の隅、壁にかかっている古びてすりきれた鞍の近くに本人の実体を見つけた。今回はにせの鼻がなく、ロンドンでよく見る服装もしていなかった――袖なしに近いほど短い袖の黒いシャツを着込み、宝石で飾った黒いベルトを締めている。いや、宝石ではない――革にちっぽけな鏡がちりばめられているのだ。ぴったりした黒いズボンと黒いブーツもはいていた。

グラスは記憶の中よりあきらかに大きく見える腕を組んだ。ラングストンでもこの男には抵抗できない気がする。たんに袖のせいで大柄に見えているだけならいいのだが。

グラスが切除師でないとしても、やはり身体的な接触は避けたかった。結局のところ、防御の鎖が守ってくれるのは魔術からだけで、男の腕は止めてくれないのだ。

咳払いし、それで声から不安が消えてくれることを祈った。「ライラはどこ？」とたずね、言葉がふるえていたので顔をしかめる。

グラスがつかつかと歩み寄ってきた。勇敢な態度を見せたいと思っているにもかかわらず、シオニーは何歩かあとずさりした。玻璃師は微笑したが、その臆病な態度についてはなにも言わなかった。

一方の馬房の前で立ち止まり、納屋の奥にある大きめの鏡を身振りで示す。「その目で見てみろ」

シオニーはグラスを視界の端にとどめたまま、鏡をのぞきこめる位置まで横向きに進んだ。そこに映っていたのは自分の影ではなく、憶えている通りのライラだった。

黒髪の女はうずくまっており、四肢と黒い服にうっすらと霜がこびりついていた。顔は悲鳴をあげかけてゆがみ、赤く染まった片手を左目に押しあてて、頬から腕へとしたたりおちる血を必死で止めようとしている。身を守るために、シオニーがライラ自身の短剣で流した血だ。凍りついた女の皮膚と服から、小さなつららがきらりと突き出ていた。

唯一記憶と違っているのは、ライラのいる場所だった。しゃがみこんでいるのは海の塩で汚れた水辺の岩ではなく、ネズミの糞が散らばっている黒っぽい色の割れた床板だ。鏡の中が暗すぎてほかの部分は見えなかった。

「ここに連れてこなかったのね」シオニーは言い、脈が速まるのを感じた。グラスをふりかえる。「そばにいないのにどうやって助けろっていうの？」

「ばかなことを言うな」グラスは中指で太い首の横をかきながら答えた。「あいつがいるのはあの鏡の向こう側だ。おれがひとことロにすれば、ふたりとも通り抜けられる。扉のようにな。おまえがちょっと言葉をかけてやれば、ライラは無事回復するというわけさ、片目はないが」

最後の一節をうなるように発したので、猫よりはるかに犬めいて見えた。

シオニーはライラに視線を戻した。たとえその意思があっても、あの術を破れるだろうか。湾での言葉はあまりにも絶対不変だった。それに、特別な魔術ではないとグラスには言ったものの、実は違うのではないかと恐れてもいた。血を使ってかける折り術などひとつもないのに、ライラを凍らせたときには血で書いたのだ。理屈の上ではそれで切除師になるわけではないし、エメリーもそう請け合ってくれたが、あれはどういうことなのかと不思議に思ってはいた。結合している魔術物質を切り替えるのに役立つ情報を、シオニーは実際に持っているのだろうか。

「ビストロではなにもかも正直に打ち明けたわけじゃなかったの」シオニーは慎重に言った。知識には力がある。あまりたくさんの情報を洩らしたくない。「あの術は偶然だったんだけど、垣根を超える可能性があるかもしれないわ」

グラスの笑みが広がった。「知っていたさ」と言い、前に踏み出す。シオニーは後退して距離をあけた。驚いたことにグラスは足を止めた。こちらにおとらず情報をほしがっているのだ。うまくいけば、その可能性をだいなしにするような行動はとらないかもしれない。

「話せ」と急き立てられた。

「わたしがかけた術だから、わたししか解けないわ」シオニーは言った。真実でないとは断言できないが、嘘だ。エメリーが作動させた術で命を得たものをシオニーが停止させることはできるから、別の折り師があの術を操れる可能性はある。だが、グラスは折り師ではない。

「あの術はどう見てもライラの体にかかってるでしょう」シオニーはきっぱりした口調を保とうとしながら続けた。「サラージに破ってもらうように頼まなかったの？　切除師には肉体を支配する力があるわ。あなたにはない力が」

〝サラージはライラをひどく嫌っていた〟とヒューズ師が言っていたのを思い出す。だとしたら、切除師はやってみなかったのかもしれない。

グラスは歯ぎしりした。「おれたちにはたしかに体を硬直させる術がある。だが、その逆をやってもライラには効かなかった。あれは違う術だ」

シオニーはその台詞に突っ込んだ。「〝おれたち〟じゃなくて、サラージよ」

グラスの表情が険悪になる。「ああ、サラージだ。いまのところはな。だが、おれは切除術を知りつくしているぞ、シオニー・トウィル。おまえにあの呪いが解けないならおれがやる。いったん血を支配下におさめたらな。おれの秘密を洩らしてはいないだろうな？」

ひとあし進み出る。

シオニーは踏みとどまったが、袋に入れた手を握りしめた。「わたしはばかじゃないもの。秘密を口外しないことぐらい心得てるわ」と嘘をつく。グラスが玻璃師だという秘密は、いまや刑事省の全員が知っているのだ。

シオニーから七歩ほど離れた位置で、グラスはまた立ち止まった。両手をあげる。「すべては物質の中にある」と、自分の手のひらをながめてつぶやいた。「何年も研究してきて、それだけはわかった。魔術師の魔術はすべて物質の中にある。あのいまいましい誓約の文句は、あれほど簡単に口にしていながら、あまりにも決定的だ」

ためらってからにらみつけてくる。シオニーが時間を稼いでいると気づいたのかもしれない。「おまえがやったことを話せ！」と咆哮する。「あいつを元通りにしろ！」

納屋の垂木やうつろな壁に反響した声の大きさに、シオニーはとびあがった。声の勢いで鏡がふるえたほどだ。ごくりと唾をのみこんで、ライラの鏡のほうへ一歩踏み出した。

じっとライラを見つめる。手と髪で顔の大部分を覆い、終わりのない苦悶の中でうずくまったとげとげしい美女を。エメリーはかつてこの女が好きだった。三年間結婚していた。ライラが背を向けたときさえ、グラスに闇の世界に引き込まれたときさえ、なお愛情を失わなかった。最後の最後――あらゆる希望が失われたとき――まで、ふたりの絆を断ち切ろうとはしなかったのだ。知っている。この目で見たのだから。

ライラは看護師だったとエメリーは言った。癒やし手。看護師は人々を助けるものだ。美貌以外にエメリーが惹かれた理由はそこかもしれない。ライラは病気の人々を治す仕事をしていたのだ。

記憶が渦を巻き、ファウルネス島の岩の洞穴へと戻っていった。エメリーの心臓が魔法の血の池に浸かって鼓動を刻んでいた場所へと。シオニーはライラの胸をピストルで撃った。だが、切除師は黒魔術で弾丸を抜き取り、傷を治してしまった。ほんの一瞬、グラスに凝視されたまま、シオニーはいぶかった。ひょっとしたら、ライラが切除術に引き寄せられたのはそのせいだったのだろうか。現代の医学では比較にならないような治療法があるとグラスに言われたから？　ライラも最初は、手をふれただけで、術ひとつで人を癒やせるような人間になりたいと思っていたのだろうか。鏡をのぞきこむ。ライラは以前いい人だった。エメリーの愛情を勝ち得たのなら、そうだったはずだ。だが、切除術で闇に染まり、魂を盗まれたのだ。

〝グラスは私たちがバークシャーに住んでいたころの隣人だ……〟

グラス。シオニーはそちらを向いた。グラスがライラの心に悪意を植えつけ、土地に手をかける庭師のようにその芽を育《はぐく》んだのだ。いや、ライラを自由にしたりするものか。エメリーが繰り返し機会を与えたのに、罪を償う気持ちが少しも残っていないことを証明したのだから。

だが、グラスを見逃すわけにもいかない。このまま街に戻して、もっと人を傷つけたり、多くの無知な人々を黒魔術に引き込んだりするのをほうっておくことはできない。

グラス自身が切除師になる可能性を放置することもだ。止めなくては。

シオニーは袋のいちばん底に手をのばし、タサム雷管式ピストルをつかんで折り紙の術の山から抜き出した。

グラスに向かって構える。

第十三章

グラスはピストルを見て眉をひそめた。「それがおまえの計画か、嬢ちゃん？」

「あなたは切除師じゃないわ」もう一方の手をピストルに動かして支えたものの、きっぱりと言う。ライラとの対決以来この銃は使っていなかったし、壊れかかった納屋はとうてい集中するのに理想的な場所ではなかった。「ライラみたいに治せないでしょう」

「本当にそうか？」グラスは問いかけた。

シオニーは銃を心臓に向けた。

グラスが前に出る。シオニーは撃鉄を引いた。

相手はくっくっと笑った。「前に誰か殺したことがあるのか、お嬢ちゃん？」

「あれをやったでしょう？」シオニーはまだライラを映し出している鏡のほうへ顎をしゃくった。（でも、あれは死んだわけじゃなくて、ただの魔術よ）と考える。（もしこの男を撃ったら殺すことになる。こいつと同じ人殺しになる）

だが、これは違う。どちらが生き残るかという問題だ。グラスがシオニーに対して計画していることより、銃弾を胸に撃ち込むほうがはるかに慈悲深い行為に違いない。それでも、銃口をさげて腰を狙った。この場から動けないようにして、刑事省に対処してもらうほうがいい。

握った銃がぶるぶるぶるふるえているのがくやしかった。

グラスは愉快そうではなかった。「約束通り、あの金髪の友だちを見つけ出してやるぞ。デリラ・ベルジェだったたな？」

シオニーは戸口の脇にある楕円形の鏡に目をやるまいと懸命に努力した。グラスは背後に手をのばし、短剣を二本ベルトから抜き取った。その刃は分厚い曇りガラスでできていた。氷を彫ったようだ。一本を唇へ持っていってキスする。

「まず足の指を切り取ってやろう」と言い、ブーツで土の床をこすりながら小さく一歩踏み出す。「次に手の指、耳。一本ずつ歯を抜いてから舌を抜く。もう悲鳴もあげられなくなったら――」

「やめて！」シオニーは叫んだ。「そんなことどうでもいいわ！　わたしがあなたを止めるんだから、デリラは無事よ！」

「ああ、そうかもしれないな。だがほかの連中はどうだ？」グラスはたずねた。「サラージのことをたいして知らないだろう？　あいつは狂犬だ、食うためでなく遊びで殺すようなやつさ。おまえの友だちとパトリス・アヴィオスキーを追い、そのあとエメリー・セインを狙うだろうな。おまえを狩り出すためにダートフォード紙工場を爆破したぐらいだ。

だがそこでは終わらないはずだ」と続ける。「あいつにとってはいつでも遊びだからな。誰がリストに載っているか知っているぞ。アーネスト・ジョン・トゥウィル、ロンダ・モンゴメリー・トゥウィル……」

体の筋肉という筋肉がぴんとはりつめ、狙いをゆがめた。それは両親の名前だった。グラスはやめなかった。「ジーナ・アン、マーシャル・アーネスト、マーゴ・ペネロピー。ペネロピーだったな？」

口の中がからからに干上がった。涙がかすかににじんで目がちくちくする。銃を握りしめた手が汗ばんできた。(うちの家族の名前を知ってる。どうして知ってるの!?)

「わからないか、お嬢ちゃん？」グラスはまたするりと一歩進んで言った。「おれはサラージを抑える鎖だ。この身になにかあったら、あいつを世間に解き放つことになる――

――」

あまりに速い動きにその体がぼやけ、桃色と黒と光が流れたように見えた。刃が宙でうなりをあげたかと思うと、じっとりと湿った手からいきなりピストルがもぎとられ、八歩ほど先の床にぶつかった。グラスの短剣のひとつがその脇に落ちる。

心臓が踵まで落ち込んだ。シオニーは楕円の鏡に向かって駆け出した。

「そうはさせるか」グラスはうなり、重い足音が機関車さながらに追いかけてきた。建物がゆれるほどの勢いでブーツが床を蹴りつける。シオニーは金切り声をあげて手当たり次第に術をつかみ、なんなのか確かめもせずに後ろへ投げつけた。

「息吹け！」と大声を出す。

紙の鳥が三羽命を吹き込まれ、破裂の術がむなしく床に落ちた。

鳥たちは敵をめざして飛んでいったが、グラスは足を止めることもなく紙の生き物を押しのけた。

「デリラ！」シオニーは鏡に近づきながら絶叫した。表面が波立ったが、グラスのばかでかい手に手首をつかまれ、ぐいっと引き戻された。

ほんの一瞬体が宙を舞い、納屋が回転した。それから土に衝突し、周囲にもうもうと砂埃があがった。目がひりひりして舌が土でざらつく。咳き込んで立ちあがると、右肩がずきずき痛んだ。

グラスが楕円の鏡を持ちあげた。「かわいらしいな」と言う。「砕けよ」

玻璃師が軽くふれると鏡は粉々に砕け散り、凍りついた雨のように床に降り積もった。無数の破片の音が響く中で、デリラが名前を叫ぶのが聞こえた。

シオニーは息を切らし、目をみはって破壊された脱出手段を見つめた。だが、まだ紙飛行機がある。紙飛行機のところへたどりつけさえすれば――

グラスが短剣を右手に持ち替えて襲いかかった。

シオニーは紙の菱形を袋からひっぱりだしてどなった。「破裂せよ！」

術はふたりのあいだに浮かんで激しく振動した。それが白と黄色の花火となって爆発する前に納屋の奥へ走る。灰の一部が体を取り巻き、防御の鎖にはねつけられた。

グラスは姿を消し、ドアまでの通り道をさえぎるものはなくなっていた。

シオニーは走ったが、移動しているあいだに右側の高い鏡が波立ち、グラスが通り抜けてきた。太い腕が巨大なカニの爪のように襲ってくる。シオニーは頭をひっこめ、つまずきかけながら相手の向こう脛《ずね》を力いっぱい蹴った。床のやわらかい土を這い、背後で毒づいている玻璃師を置いて戸口へ突っ走る。

もう少しでドアに着くというとき、別のまるい鏡が波立ってグラスが足を踏み出した。なにか聞き取れない言葉を口にしたとたん、いきなり納屋の鏡がひとつ残らず波立つ。グラスの複製がそのすべてから足を踏み出した。たちまち何十人ものグラス・コバルトがまわりを囲んだ。見あげるほど大きくおそろしげな姿もあれば、壁に並んだちっぽけな鏡の前に浮かんでいるほんの数インチの像もある。

シオニーはあとずさりし、まばたきして目の汗を払った。グラスの複製はわずかに透けて見え、物語の幻影のようだ。だが、どれが本物だろう？　それに、幻影にもシオニーを傷つけることが可能なのだろうか。

「逃げるな、嬢ちゃん」グラス全員が曲のない聖歌のように声を揃えて言う。

破裂の術はあとひとつ残っている。ドアにいちばん近いグラスに使ってみるべきだろう。

「破裂せよ！」とどなり、鋳鉄の枠がついた鏡に術を投げつける。最初のグラスが出てきた鏡だ。そして後戻りして呼びかけた。「移動せよ！」

破裂の術が破裂し、その光が魔法の鏡に反射して玻璃師の複製たちを焼いた。

シオニーがかがみこむと、実物のグラスが納屋の東側にある別の鏡から現れた。短剣をシオニーめがけて投げつけ――

その刃が紙を切り裂いた。

いまや丸腰のグラスは、蒼ざめた顔でシオニーの紙人形が――いまや鼻から襟もとまで破れている――色を失ってひらひらと床に落ちる様子をながめた。前もって人形に可動の術をかけておいたため、二度目の命令で納屋の中に移動したのだ。

本物のシオニーは立ちあがると、手で袋を探り、ほかのふたつの鏡をかわるがわる見ながら戸口へ疾走した。

グラスが左側のほうへ転移したものの、シオニーは波紋の術を引き出して放った。グラスが牡牛さながらに突進する。

「波立て！」シオニーは命じ、術のクラゲめいた折り目が下へなだれおちた。

周囲の空気がゆがむ。転移前の鏡に似ていないこともない。グラスは突撃の途中でふらついたが、充分ではなかった。シオニーのところまでたどりつき、右こぶしを引いて殴りつける。

雷鳴のような音が頭蓋骨にこだまし、続いて幅広い稲光が走った。シオニーは床に激突し、衝撃が尾骨をつらぬいた。

左頬がかっと燃えあがる。目のすぐ下だ。まわりで垂木がどちらへ向くべきか迷っているというふうにぐらぐらゆれた。

それから、太い指が防御の鎖を胴からひきちぎるのを感じた。片手が首を握り、もう一方の手がブラウスの前をつかんでひきずりあげる。納屋がさらにぐるぐるまわった。体がドアのすぐ脇の壁に叩きつけられた。背中にささくれがめりこんで、埃がはらはらと肩にふりかかった。

グラスはシオニーを自分の頭より少し高い位置に持ちあげた。首を絞めあげられて息がつまった。相手は一息入れてから言った。「切除師がどう結合するか知っているか、シオニー？」

だが、答えられなかった。グラスの指先が気管を押さえつけていたからだ。顔がほてり、頬の痛みが頭蓋骨の中で脈打った。

「まだ結合自体はできないがな」とグラス。「やってみせるだけなら充分できるぞ」

さらに強く絞めつけてくる。シオニーの足がばたばた動いた。

鋭い銃声が納屋に響き渡り、シオニーは倒れた。

膝が床にあたり、息をのむ。熱い空気が肺を満たした。グラスが低くうなり、大きな手をあばらに押しあてて、よろよろとあとずさりした。シャツの脇腹から血があふれだしていた——かすっただけだが途切れることなく流れ続けている。

シオニーはぽかんと口をあけてデリラを見つめた。シオニーのピストルを両手に握りしめ、からの馬房の隣に立っている。すんでのところで納屋を見つけてくれたのだ。

シオニーはぱっと立ちあがるなり、肘に全体重を乗せてグラスの傷ついた脇腹に叩き込んだ。玻璃師が後ろへよろめいた隙に、デリラへ向かって走る。

デリラは片手だけ表面に残し、鏡の向こうにすべりこんだ。

「転移せよ！」グラスがシオニーの背後で声をあげる。またもやすべての鏡が同時に波立ちはじめた。赤い顔で呼吸を荒くしたグラスがデリラにいちばん近い鏡に現れた。こちらにとびかかってくる。

逃げ切れない。

「逃げて、デリラ！」シオニーは叫び、友人とグラスの両方から走って離れた。

怒り狂った玻璃師が手をのばしてきた。

シオニーは床に踵をめりこませて方向を変え、途中でくるぶしをぐきっとひねった。

そして別の鏡の中にとびこんだ。

第十四章

シオニーは納屋のどこか、ドアに行きやすい位置に出てくるだろうと予想していたが、反対側で鏡の枠につまずいたとき、転がり込んだところはほぼ真っ暗で、木のにおいと腐敗臭が鼻をついた。

ここは納屋ではない。だが、それはどうでもいいことだ。

手をついて体を起こすと、波立つ鏡の枠をつかんで力いっぱい投げつけ、いくつかのかけらに割る。波紋は止まったが、それでも大きな破片の上でとびはね、靴の踵で細かく砕いた。

痛みに顔をしかめ、右脚に体重をかけてふらふらと後退する。左のくるぶしが猛烈にずきずきして、頬骨に負けないほど痛んだ。

何度か深呼吸すると、周囲の無人の暗がりに反響し、十月の風なみにひゅうひゅう鳴った。咳をしてからまた咳き込み、ひりひりする喉に手をあてる。三度目の咳で吐き気をもよおしそうになったが、空気を必死で吸ったので、胃の中身は吐き出さずにすんだ。まだ鏡を見張りながら、二回唾をのみこむ。目隠し箱を折る紙もない。なにひとつ、ピストルさえ持っていないのだ。あるのはからの袋だけだった。

「ああ、デリラ」とかすれた声でささやく。友人は逃げるのに間に合ったに違いない。また唾をのんでから、ようやく目をあげてまわりの影をじっと見る。よどんだ空気は汗ばんだ肌に涼しく感じられた。闇に目が慣れると、薄い木の板でできた灰褐色の古びた壁と、平らな天井、ネズミの糞が散らばった木の床が見えた。物置小屋かなにかだろう。からっぽだが。

向きを変える。からではなかった。

凍りついたままのライラが目に入り、ばくばく動く心臓が痛む喉までせりあがってきた。まだ両手を顔に押しあててしゃがみこみ、ファウルネス島の海岸で閉じ込められた苦悶の中にとどまったままだ。小屋の影に覆われた姿は幻のようだった。幽霊じみてこの世のものとは思えない。シオニーはみぶるいした。

ライラを大きくよけ、左足をひきずりながら戸口へ近づく。体重を乗せると床板がきしみ、ちっちゃな爪のある足が壁の中か、あるいは足の下をすばやく走っていった。ネズミだ。

ドアを押してみる。動かなかったが、よく見ると外から鍵がかけてあるわけではなかった。誰か――たぶんグラス――が内側に錠前を二個とりつけたのだ。両方とも鍵が必要だった。シオニーは肩を落とした。

鏡の残骸のほうへよろよろと戻る。壁の羽目板の隙間から洩れてくる光しか明かりがないので、これだけドアに近いと破片がろくに見えなかった。

グラス。グラスはシオニーがどこに出たか知っているはずだ。ライラと一緒に置いておくはずがない。どうにかして追ってくるだろう。追ってきて殺す。

「神さま、お助けください」とささやき、両手で胸もとをつかんだ。体がぶるぶるふるえた。

錠前をひっぱったり、留めているねじに指の爪を押し込んだりして、こじあけようと試みる。だが、微動だにしなかった。

紙さえあれば！　破裂の術なら朽ちた木材を吹き飛ばせるだろうに。

刻々と肌が冷たくなっていく中で唇をかむ。ドアを押すと、割れた木がその力できしみ鳴った。大きめの隙間に指を突っ込んで板をつかみ、押したり引いたりしたが、壊せるほどの力はなかった。

「考えて、考えるの」とささやく。紙はない。ほかになにがある？

ライラをちらりと見やり、足をひきずって近寄る。

その皮膚は氷のように冷たく、息を吹き返してとびかかってくるのではないかとシオニーは半ば覚悟した。復讐に燃えるライラと小屋に閉じ込められると思っただけでぞっとする。それでも、相手のベルトやズボン、シャツをつつき、使えるものはないかと探した。使っていないドイツの列車の切符と、ベルトの輪にひっかけた長い釘か杭のようなものが見つかった。

ライラの右足のブーツから、長さ三インチほどの小型の飛び出しナイフをひっぱりだす。それと釘とガラスの破片をひとつ、それに割れた鏡の枠を持ってドアのほうへ戻った。

まず釘を錠前と木のあいだに割り込ませ、飛び出しナイフの柄で叩いたが、錠は外れず、道具が湿った手からすべりおちてしまった。スカートで手のひらをぬぐい、刃そのもので錠前を取り外そうとしたが、うまくいかなかった。

飛び出しナイフを下着にはさみ、残ったガラスのかどで指を切らないよう気をつけて鏡の枠を握る。左のくるぶしに体重がかかったときには身をすくめた。それから、枠をななめに持ち、右足で二回踏みつけると、長いほうの辺がふたつに折れた。それを前後にひねって、とうとう色が塗ってある頑丈な長い木片を手にする。重労働に息を切らしながら、シオニーは枠の先端を羽目板の隙間にさしこみ、てこに全体重をかけてあちこち動かした。

木がきしみ、続いて板の下のほうが裂けた。

希望が湧きあがり、シオニーは枠を捨てると、手のひらや指にささくれが刺さるのもかまわず羽目板をつかんだ。ぐいぐい押すと、三フィート上でもう一ヵ所折れた。もう一度左足に体重をかけ、ゆるんだ部分をまげて外に押し出せるようになるまで板を蹴り続ける。

穴がせまかったので肩甲骨と腰をこすったものの、シオニーは物置小屋から抜け出した。隣にそっくりな建物があった。両方とも土の空き地に建っていて、近くに舗装していない小道がある。頭上の空はどんよりと曇っており、遠くで潮と魚のにおいがした。海岸だ。

よろよろと小屋から遠ざかり、幅三フィートの小道を急ぎ足で進んで、木立に姿を隠す。記憶の中にこの場所に一致する風景はなかった。どこにいるのだろう？
（グラス）頬がうずき、首が燃えるように痛んだ。
鏡の先がどこだったかということは問題ではない。見つからないうちに逃げなければ。左足をひきずりながら小道を駆けていく。さいわい山腹にいるわけではなさそうだった。苔むしたモミの木と雑草で覆われた手つかずの森林地帯の一角らしい。四分の一マイルほど行ってから、自分を見つけようとしたグラスがまずこの道をたどるのではないかと不安になり、小道を外れた。

木の根やくぼみを避けて地面に目を配り、膝丈の植物をかきわけながら、可能なかぎり速く走る。ひとしきり駆けてから立ち止まり、イチイの木の陰に隠れた。肺が焼けつき、くるぶしがずきずき脈打っていた。目をしばたたいて涙を押し戻し、地面にうずくまって靴と靴下を脱ぐ。

足首が折れていないのは確実だった。ちょっと腫れているだけだ。軽くくじいたか、ひねっただけかもしれない。ほうっておけば治る程度の怪我だろう。もっとも、いま休んでいるわけにはいかない。

腫れを抑えようと靴下をひきあげてまた靴をはき、小屋から持ってきた鏡の破片をとりだした。両手でそっとかかえる。

「わたしを見つけて、デリラ」とささやく。「ここよ。さっき見つけてくれたでしょう、また見つけて」

たっぷり一分間、鏡に映った必死の形相をながめていたが、なにも起こらなかった。起こると期待していたわけではない。

呼吸を整えようと木にもたれかかった。自分でもどこにいるかわからないのに、どうしてデリラにわかるはずがある？　シオニーが玻璃師でありさえすれば……

グラスの脅迫が心にありありとよみがえり、心臓がまた新たに早鐘を打ちはじめた。家族。（うちの家族を傷つけるつもりだわ。殺される。戻らなくちゃ！）

木によりかかって体を支え、立ちあがりながら、繰り返し自分を呪った。助けを見つけなくては。紙さえ見つかれば、エメリーを捜しに鳥を送れるかもしれない――（こっちがエメリーに殺されそうだけど）鬱蒼とした森の中を急ぎながら考える。（きっと実習をやめさせられるわ）

だが、それはいまのところどうでもよかった。助けを見つけなければならない。家族に警告しなければ。さらに緊急なのは、グラスから逃げることだ！

シオニーは足をかばいながらゆっくりと森林地帯を走り続けた。木々がまばらになり、雨粒がいくつか鼻にあたったが、おおむね降られなかった。しばらくすると地面がやや下り坂になり、小道は東へまがった。数マイルたどっていったが、やがて筋肉が痛み、喉が水を求めはじめた。

小道のつきあたりはまっすぐ両側にのびた幅の広い土の道で、家もなければ人の気配もなく、フランス語がびっしり書いてある雨ざらしの標識が立っているだけだった。

フランス語。つまりイングランドを出たらしい。だが、ここはどこだろう？　フランス？　ベルギー？　まさかグラスは、はるばるカナダまでライラを運んだりしていないだろう！

シオニーは咳き込みながら、歩くのとたいして変わらない速度で道を進んだ。厚い雲が太陽を隠していても、夕方になったことがわかった。

物音が聞こえた気がして肩越しにふりかえったものの、なにも見えなかった。

歩きながら紙のごみが捨てられていないかと道路の両側を探したが、地面はきれいだった。杖に使えるほど長い棒切れ一本見つからない。道に残った轍《わだち》は浅くてほとんど目にとまらなかった。どこに出現したにしろ、めったに人がこない場所らしい。

シオニーは進み続けた。涼しいそよ風が肌寒く、足のひきずり方がますますひどくなっている。くるぶしがさらに腫れてきたが、立ち止まることはできなかった。誰か見つけなくては。逃げ出さなくては。どこかで電信機さえ見つかればと願ったが、電線はまるで見かけなかった。あれっきり標識さえ見かけない。もっとも、どうせ読めるわけではないのだが。

太陽が沈みはじめ、重苦しくたれこめた雲をオレンジ色に染めたとき、シオニーは手に持ったガラスの破片を握りしめ、デリラとアヴィオスキー師とエメリーの名をつぶやいた。誰の耳にも届かなかった。

夜の闇が濃くなり、あたりが見えなくなるまで道をたどっていく。月も星も雲に覆われていた。シオニーははあはあああえぎながら道から外れ、まばらな木立の中へ戻った。一本の木の根のあいだに腰をおろし、胸もとに膝を引き寄せて涙を流した。

第十五章

早朝、ぱらぱらと降る雨と淡い灰色の光でシオニーは目覚めた。同じようにして夜のあいだに二回、野鳥の叫びと見えない動物がさっと駆けまわる音で起こされていた。右脚は膝の下がしびれており、痛む背中を木の幹に押しつけてのばすと、ぎしぎし鳴った。肩から大きな茶色い蜘蛛が這いおりてくる。シオニーは金切り声をあげてぴしゃりと払いのけ、とびあがったとたん、しびれた脚でつまずいた。少なくとも左のくるぶしはずっとよくなったようだ。寝ているうちに腫れも引いていた。

木立を見まわし、散漫な考えを整理しようとする。霧が服にまとわりつき、頭上の重たげな葉からしずくをしたたらせていた。

ライラの飛び出しナイフをひっぱりだして森を見渡し、どこかに赤毛がちらついていないか、人間がいる兆候はないかと確認した。なにも目につかない。とはいえ、ここがどこにしても、グラスが転移してきのうの小屋に戻ってくれば、シオニーが見つかるのは時間の問題だ。

飛び出しナイフを下着に戻し、鏡の破片を調べたが、ガラスはなめらかなままで術の気配もなかった。これを持っていることが諸刃の剣にならないといいが、たとえグラスの映像が鏡に現れたところで、シオニーがどこにいるのか見つける手段はないだろう。ともかくそう期待した。なにしろこれはあの男の鏡の破片なのだから。

住民が見つかれば助けが得られるのではないかと考え、坂を上って道路に戻った。あるいはせめて紙切れでもいい。とはいえ、この雨では紙の鳥はたいして遠くまで行けないだろう。

しかも、ここからロンドンまではたして何マイルあるのか、どれだけの水域が広がっているのか、見当もつかない。それでも進むしかなかった。

シオニーは道をたどっていった。

歩いていくうちに灰色の空は明るくなったが、太陽は雲の陰から出てくることを拒んだ。雨は服の着心地が悪くなる程度まで降り続いてからやみ、晩夏にしてはおそろしく寒くなった。シオニーは髪をほどいて手櫛《てぐし》で梳かし、編み直した。鏡を確認する。肩越しに視線をやった。

しばらく、たぶん二時間ぐらいたってから、土の道の前方で乗り物の車輪の音がした。

二頭のまだら馬に牽かれた、色を塗っていない頑丈な馬車が見えてくる。シオニーはほっとしてそちらへ駆けていき、両手をふって止めようとしたが、御者は無視して馬車を進め、馬を早足に急がせて通りすぎた。馬車の窓は鎧戸をおろしたままだった。シオニーは道で立ち止まり、まじまじと馬車を見送った。若い女性が困っているのに、速度をゆるめさえしない？　フランス人というのはまったく！　こちらのことを誰だと思っているのだろう。ちょっと止まって道を教えることさえできないとは、この辺鄙《へんぴ》な場所でいったいどんな用事があるというのか。

うなだれてまた道のほうへ向き直った。道順を教えてもらう必要はないし、どのみち言葉が理解できないだろう。選択肢はふたつしかない。前進するか、小屋へ戻るか。

もっと速い足取りで動き出し、歩きながら空腹で痛む胃をさする。あの馬車はどこかからきたに違いないし、馬はそれほど疲れているように見えなかった。（あと二、三時間だけ）期待をこめて考える。

木立がいっそうまばらになり、また雨が降り出した。ぱらぱらと降ったりやんだりして、雲の上の太陽のぬくもりを寄せつけない。シオニーは足を運びながら冷たくなった指をこすり、生き物の気配を探した。野ウサギが目につき、一瞬、料理のやり方だけでなく、動物を狩る方法を知っていればよかったのにと願った。

口をあけて雨を飲もうとしたが、水滴が細かすぎるうえ気まぐれに降ってくるので、喉の渇きを癒やすのにはまるで役に立たなかった。筋肉の痛みに耐え、手に鏡を握りしめて歩き続ける。（わたしを見つけて、デリラ、アヴィオスキー先生。グラスに見つかる前に）

家族のことは考えるまいとしたが、延々と続く道を黙って歩いていると、それは難しかった。マーシャルが精肉倉庫の貯蔵室の床に倒れ、ジーナがフックのひとつにぶらさがって、エメリーと警官がそのかたわらに立っている光景を想像してしまう。ただし、今回はすべてシオニーのせいなのだ。

そんな思考をふりはらい、背後をふりかえった。つかの間、重い足音が聞こえたか、自分の髪より淡い赤毛がちらりと見えたような気がしたのだ。いや、違った——ひとりきりだ。サラージが近くにいるといつも襲われる、あの落ちつかないぴりぴりする感覚もなかった。

さらに時間がたち、もうひとつ標識が見つかった。今度は「Zuydcoote un kilometre《ズイドコート・アン・キロメートル・》 au sud-est.《オ・スデエスト》（ズイドコートまで南東に一キロ）」と書いてある。〝キロメートル〟はキロメートルだろうが、残りはちんぷんかんぷんだった。とはいえ、標識があるなら近くに町があるのだろう。たぶん。

シオニーは足を速めた。いまや腹の虫が盛大に鳴き出している。ほっとしたことに、道から少し離れて、刈り込まれた雌日芝《メヒシバ》に覆われた耕地の丘が見えた。頂上に赤い煉瓦の小さな家が建っている。新たな気力を奮い起こし、小道を探しもせずに道路を横切ると、丘をあがっていった。息を切らしてせまいポーチにたどりつき、〝クラース〟と読める色あせた表札のかかったドアをノックする。

奥できしむような足音が聞こえ、やがて四十代後半ぐらいの禿げかかった男がドアをひらいた。「こんにちは、本当に申し訳ないんですが」シオニーは口走った。「道に迷ってしまって、助けていただきたいんです。電信機をお持ちじゃありませんか？」

男は眉を寄せた。「Et, qui êtes-vous? Je ne parle pas l'anglais.《エ・キ・エットゥヴ？ジュ・ヌ・パルル・パ・ラアングレ》(さて、あんたは誰だね？ 英語は話せないよ)」

ああ、デリラがここにいて通訳してくれたら！ 鏡を握った手に力が入ったものの、シオニーは空いているほうの手で自分を示して言った。「シオニー。迷った。イングランドから」

イングランドがあるのではないかという方角を指さす。それからふと思いついた。鏡の破片をウエストバンドにはさむと、手のひらに文字を書く真似をする。「紙？」とたずねる。「ええと……パペル？ パピエ？ シー・ヴー・プレー？」

これでフランス語っぽい響きになった気がする。

男は沈黙し、それからうなずいてドアをあけると、片手で入れとシオニーに合図した。ややや年上の男があんず色の短いソファに座って膝に新聞を広げていた。最初の男と似ている。しげしげとシオニーを見つめた。

最初の男は部屋の隅にある机のところへ行き、小さなメモ帳と鉛筆をひっぱりだした。

「papier《パピエ》（紙）？」と問いかけ、品物をさしだす。

「ええ、そうよ！　えーと、はい《ウイ》」シオニーはメモ帳をつかんで言った。指におなじみのちりちりする感覚をおぼえ、いくらか安心する。最初のページにすばやく文章をしためると、男ふたりから妙な目つきを向けられた。書き終わってから、はっきり抑揚をつけて読みあげる。「鏡の転移で道に迷ったあと、シオニーは知らない場所に出てしまい、どうやって家に帰ったらいいかわからなくなった」

要点をなるべく上手に説明する映像を思い描くと、目の前の空中にその光景がちらついた――なぜこの家にくることになったかという幻のような半透明の絵だ。ふたりの男は映像が最初に現れたとき、軽くとびあがったものの、それからは興味津々でながめていた。

シオニーはメモ帳をおろしてもう少し書き、それから読んだ。「シオニーはいまどこにいるのだろうと思っている」

上に疑問符が漂い、イングランドとフランスのあいだで画鋲がゆれているヨーロッパ地図の映像が浮かびあがった。

「Belgique《ベルジック》」最初の男が口にした。そこで言いよどみ、兄だろうと思われる男のほうを見やる。そして下手くそな英語の発音で言い直した。「ベルギー」

「ベルギー?」シオニーが繰り返すと、物語の幻影は乾いていないペンキのようにしたたりおちて消えた(そういえば海のにおいがしたもの……あれはきっとイギリス海峡ね。鏡で越えたんだわ)。

いったいどうやって戻ったらいいのだろう。

「玻璃師?」と問いかけ、言葉の下に棒線で絵を描き、その腕に手鏡を持たせた。「ここに玻璃師がいる?」メモ帳を下に置いて窓に近寄り、ガラスを叩いてみせる。

最初の男が兄のほうを向いて言った。「Je pense qu'elle est celle qu'il veut. Elle est rousse. Elle enchante papier.《ジュ・ポンス・ケレ・セール・キル・ヴ エレ・ルー・スエレ・オンシャンテ・パピエ》」

「紙《パピエ》」シオニーは繰り返して首を縦にふった。少なくともその単語は知っている。「は《ウ》い《イ》、紙《パピエ》」

兄はうなずき、最初の男がもっと奥についてくるよう身振りでうながした。両手をさしだしたので、しぶしぶメモ帳を渡す。もしかしたらこのふたりは気前よく軽食を提供してくれるかもしれない。腹がぐうっと鳴った。男に聞こえていればいいのだが。

相手がその音を耳にしたとしても、反応は示さなかった。

男のあとから、せまいが清潔な台所を通り抜ける。急な階段をおりていくとき、先導する男は天井に頭をぶつけないよう前かがみにならなければならなかった。地下では閉じたドアの前を通りすぎた。それから、長方形のがらんとした部屋に連れていかれた。隅に木箱がいくつか積んである。その近くの壁に枠の壊れた古い鏡が立てかけられていた。

シオニーはドアを入ったところで立ちすくんだ。鏡の向こうには、広い胸で腕を組んだグラス・コバルトが立っていた。

「Est-ce que c'est la fille?《エスク・セ・ラ・フィーユ》 On a le douxieme parti?《オ・ナ・ル・ドウジユーム・パルティ》（この娘か？　ふたりめがくるのか？）」男は問いかけ、シオニーがあとずさりしようとすると腕で戸口をふさいだ。

「Bien sûr, vous avez bien fait.《ビヤン・スール　ヴザヴェ・ビアン・フェ》（もちろん、よくやった）」グラスは完璧な発音のフランス語で答えた。灰色の瞳でみすえられ、心臓が口もとまでせりあがって激しく打ちはじめる。「S'il vous plaît, donnez-moi un instant.《シル・ヴ・プレ　ドネモア・アナンスタン》（少し時間をくれないか）」

男はうなずいて部屋から出ていき、背後でドアを閉めた。

シオニーは把手に腕をのばした。

「いやいや」グラスは言い、腕をほどいた。「無駄な追いかけっこには慣れているが、自分が追いかけられるほうがずっと得意でな」一歩足を踏み出す。「おれたちの場合は、ここでおしまいだ」

シオニーはふるえた。「お、お願い、あなたのほしいものは持ってないわ」とつぶやく。「見逃して」

「そしてさらに傷痕を増やせと？」相手は問い返し、デリラが撃った脇腹をさすった。シャツにはまだ弾丸の穴があいていたが、その下の皮膚は無傷に見える。シオニーを追いかける前にサラージを訪ねたのだろうか。つまり、あの切除師がまだロンドンにひそんでいるということか、それとも、グラスが鏡を使って見つける方法を知っているだけなのか。

シオニーはドアの把手をつかんだものの、鍵がかかっていることがわかった。カチッという金属音さえ聞いていないのに。

胃が縮こまった。もう空腹ではなかった。目に涙があふれる。「あなたの言うことを、な、なんでもきくから」とささやく。「ライラの血が紙に飛び散ったの。あれは幻影の術だったのよ。でも、言葉を血で書いたら効果があったの。わたしがしたのはそれだけ。

お願いだから家族を傷つけないで」

そんな言葉では表情を変えることもなく、グラスはもう一歩、さらに一歩進んだ。その姿に——額に脈打つ血管と双眸《そうぼう》に躍る影に——ひたすら集中していたシオニーは、相手の背後にある渦巻く鏡に気づかなかった。それまで悠然と近づいてきていたグラスは、後ろから聞き慣れた声に呼びかけられた刹那、ぴたりと足を止めた。

「まったく、こんなふうに会うのはやめるべきだな」

強烈な安堵の念が全身を駆け抜け、シオニーはあやうく体勢を崩すところだった。グラスは顔をしかめ、まだ一方の肩をこちらに向けたままふりかえった。

鏡の右側には、藍色のコートを着ていないエメリーが立っていた。顔つきが鋭く、けわしくなったように見える。声に普段の陽気さがなかった。鏡の左側にはヒューズ師が立っていたが、状況のわりに落ちついた様子だった。

鏡はまだ渦巻いていたが、その向こうを見なくても、誰が魔法をかけているか、誰が見つけてくれたのかはわかっていた。（アヴィオスキー先生。助かった）

ヒューズ師が言った。「遅れてすまんな、ミス・トウィル。だが、作りの悪い鏡は、見つけたあとで通り抜けるのがすこぶる難しくてな」

二粒の涙が頬の曲線を伝い落ちた。「ありがとうございます」シオニーはかすかに声を出した。

エメリーの視線はグラスに集中していた。左手をポケットに入れているのは、そこに術があるからだろうか。ヒューズ師はこれ見よがしに右手で小さなゴムの球を三つこねていた。

グラスは自信を取り戻して背筋をのばした。「実にうっとうしいタイミングだぞ、セイン」と言う。「もうここでの用はすむところだったのにな」

ヒューズ師が手をあげてグラスの注意を引いた。グラスは術に備えて体を緊張させたが、かわりにエメリーの手がスラックスからぱっととびだし、青い紙吹雪を宙に撒き散らした。一瞬、おびただしい数の紙片が全身を覆いつくす。

そしてエメリーは消え失せた。

一拍おいて、シオニーは腰に片手がかかるのを感じ、間近に出現したエメリーの後ろに押し込まれた。エメリーもドアをあけようとしたが、もちろん鍵がかかっていた。

「もう一枚鏡がいる、パトリス！」と叫ぶ。

グラスは声をたてて笑い、魔術師が両方ともはっきり見えるように二歩さがった。手をぱんぱんと叩きさえした。「いやはや、なんという見世物だ」笑い声をあげる。「三対一なのに、どういうわけかまだおれのほうが優位に立っている気がするぞ」

「グラス――」シオニーは言いはじめたが、エメリーにしっと制止された。

「犯罪者とは交渉せんものだ、ミス・トゥィル」まだ球をこねながらヒューズ師が言った。「おまえの靴底のゴムを使って絞首刑にしてやろう、コバルト」

「ふむ」グラスは顎をこすった。「だが、なにが目的だ、老いぼれ？　おれか、その娘か？　両方を手に入れて、しかも生きたままここを脱出する方法はなさそうだがな」

渦巻く鏡から、アヴィオスキー師の声がゆらゆらと聞こえた。「二階のトイレに適当な大きさの鏡があります」

グラスは眉をひそめた。「たった一回さわるだけでいいんだぞ、アルフレッド」

ヒューズ師は笑った。「おまえの正体は知っとる。わしらをまぬけと思うな」

グラスはにらみつけたが、その表情が自分に向けられていることをシオニーは知っていた。

一瞬あと、グラスはエメリーのほうをふりむいた。ベルトからガラスの短剣の一本を引き抜き、親指で刃をなぞりつつ紙の魔術師を上から下までながめまわす。「最終的には勝てないさ」と言い、長い犬歯のひとつをむきだしてにやにや笑った。「勝つことなどあるものか。おれにもサラージにも。ライラにもな。あいつはおれが手に入れた中で最高の品だった」

エメリーは無言だった。

グラスの視線がつかの間エメリーの肩をなで、それからシオニーに流し目をよこす。

「ずいぶん大事そうだな。そいつもおれのものにするべきだったか」

エメリーは身をこわばらせた。「絞首刑になる前に舌を切り取らせるぞ、グラス」

グラスは短剣を持ちあげたが、ヒューズ師の動きのほうが速かった。

投げたゴムの球が床ではずみ、ぎょっとするほどの速度で三方向へ飛んだかと思うと、壁と天井にはねかえって黒い弾丸と化した。ヒューズ師とエメリーとシオニーを守るように軌道を描いたが、グラスは例外だった。ひとつがグラスの肩をかすめ、幅広い赤い筋を残していく。グラスは撃たれないように躍りまわってよけなければならなかった。

グラスの反撃を目にする機会はなかった。エメリーがシオニーをドアから引き離し、把手のすぐ脇の木材を片足で蹴りつけたのだ。弱い錠が壊れてドアが勢いよくひらき、隣の壁にぶつかる。エメリーはシオニーの腕を痛いほど強くつかんで部屋からひきずりだし、階段を上って台所へ連れていった。玄関をあけた男が流しの近くでびくっとする。

エメリーは肘で押しのけて台所を走り抜け、廊下に出た。寝室のドアをあけ、続いて別のドアをあけると、そこがトイレだった。ペンキのはがれた白い戸棚の上に、三×二フィートほどの鏡がななめに設置してある。銀色の表面が転移の術で渦巻いていた。

エメリーは手を離し、鏡を壁からもぎとって床に置くと、シオニーの両肩をつかんで中に押し込んだ。ひんやりした無重力感覚に襲われて胃がむかむかしたが、国会議事堂にふたたび出てきてはいなかった。鏡を通り抜けていないのだ。

内側に立ったまま、凹面と凸面の中間の形にねじれた渦巻く銀の壁に囲まれている。目の前には壁より濃い銀色の岩が浮いており、右側では銀色の地面から石筍《せきじゅん》が何本か牙のように突き出ていた。かなり先に硬そうな雲が浮かんでいる。鏡のひっかき傷が物理的な形をとったものだ、とシオニーは気づいた。

出来の悪い鏡を通過することについてはデリラが警告していた。このことを言っていたに違いない。

一瞬あと、エメリーが隣に現れた。低く悪態をついてから、もう一度シオニーの腕をとる。「そばを離れるな」

ふたりは石筍の列にそって歩き、宙に浮かんでいる大きな石のほうへ進んだ——たぶん疵か曇りだろう。すっかり通りすぎるまで頭をあげないように注意してその下をくぐる。ガラス細工の蜘蛛の巣めいた、鋭利でおそろしげな垂直の雲にたどりついたとき、エメリーはシオニーを右側にひっぱった。ぐるりとよけて蜘蛛の巣のいちばん端をまわっていく。

まばゆい渦を描く別の壁が立ちはだかった。エメリーに軽く押され、シオニーはその冷たい抱擁を通り抜けた。

第十六章

周囲の状況を把握するには少し時間がかかった。まもなく、アヴィオスキー師の自宅の三階にある長方形の鏡の間にいることに気づく。左側の大きな窓から多面ガラスで弱められた光が流れ込み、まじりけのない玻璃師製ガラスでできた鏡の列に反射している。何十枚もの鏡はすべて細心の注意を払って整然と壁にとりつけられていた。ひとつひとつ枠や大きさが違い、上の隅にデリラの筆跡でメモが書いてあるものさえあった。『中級ガラス吹き用、魔法の花瓶の成形法』という題名の古い本が、三分の一ほど読んだまま床に伏せて置いてあった。

二本の手に肩をつかまれ、デリラの声ではっとわれに返った。

「ああ、シオニー！」と叫び、驚くほどの力で引き起こしてくれる。涙が目をふちどり、いつもなら完璧に整えている髪がぐしゃぐしゃになっていた。玻璃師の実習生は固くシオニーを抱きしめた。「死んじゃったと思ったわ！　こわくてたまらなかったの！」

「わたくしたち全員がですよ」その隣からアヴィオスキー師が言った。もっとも、デリラほど大喜びしてはいない。丈の高い直立した鏡に手を添えたままで、ふれている表面がぐるぐる回転していた。

シオニーはデリラの腕の中で向きを変えた。「エメリー」とささやいたが、ちょうどその名を口にしたとき、紙の魔術師がきらめく渦から姿を現した。両手でヒューズ師の片腕をつかんでいる。練り師はぼうっとした顔つきだったが、怪我はしていないようだった。

ヒューズ師は鏡の枠につまずき、エメリーによりかかって体勢を立て直した。ふたりが抜け出したとたん、アヴィオスキー師の手がさっと鏡から離れ、鏡面は正常に戻った。アヴィオスキー師は反対側からヒューズ師を支えた。

「大丈夫ですか?」とたずねる。

ヒューズ師はうなずいた。「問題ないが、閃光の術を使われたせいでまだ目がちかちかする」

デリラがシオニーにささやいた。「ガラスの表面に反射する光の量を増やすとそうなるの。鏡を使うととくに効果があって、光の強さによっては失明することもあるわ」

アヴィオスキー師が聞きとがめて眉をひそめた。「ですが、この場合は違います」と言い、ヒューズ師を部屋の片隅にある椅子へ連れていった。「徐々に治りますよ」

「これよりずっと強烈なやつを食らったこともあるとも、パトリス」ヒューズ師は笑った。「しっかりまばたきすればよくなる」

「そ、それでグラスは？」シオニーは問いかけた。エメリーを見やったが、緑の瞳に燃えている炎のすさまじさに、さっとヒューズ師へ視線を向け直した。

ヒューズ師は目をこすった。「残念ながら逃がした。だが、そうなるだろうとは予想しとった。ロンドンの郊外にあるあの納屋に人を向かわせたが、いい知らせも悪い知らせも入ってきとらん」

胃がずしりと落ち込んだ。

その気分の変化を感じ取ったらしく、デリラが声をあげた。「先生たちに言わなきゃならなかったの、シオニー！　お願いだから怒らないで」

「そうしてよかったのですよ！」アヴィオスキー師が言葉を添えた。薄い唇をすぼめるのと叱るのをなんとか同時にやってのける。「なんということでしょう、ミス・トウィル。あなたを見つけるのに皆でゆうべ一晩と今日の大半を費やしましたよ。わたくしの運がよくなかったらどうなっていたか、考えたくもありません！」

「まったくだ」エメリーが言った。ほとんど冷然とした口ぶりだ。別の鏡にかかっていた藍色のコートをとりあげ、腕に持つ。

「ごめんなさい」穴があったら入りたいと願いながら、シオニーはささやいた。ウエストバンドから鏡の破片を引き出してアヴィオスキー師に渡す。「これはわたしが通り抜けた鏡のかけらです。グラスがライラを置いている小屋の中にありました」

アヴィオスキー師は破片を受け取った。「ひょっとしたらなにか役に立つかもしれませんね」

「そのようだな」ヒューズ師が椅子に座ったまま身を乗り出して口をはさんだ。「きみは刑事省に加わるべきだ、シオニー。無駄骨を折った上に、わしらをさんざんひっぱりまわしてくれたが、そのおせっかいのおかげで貴重な情報がいくつか手に入った――」

シオニーは目をみひらいた。デリラの腕がなければよろめいていただろう。「うちの家族！」と叫ぶ。友人の手から体をひきはがし、エメリーに目を向けた。「グラスはわたしの家族を標的にするって言ってたの、サラージが狙うって！　全員の名前を知ってたのよ、エメリー！」

相手の顔色が変わった。ヒューズ師を見る。

練り師は椅子から立ってベストを直した。「そんな脅迫がくるのではないかと危惧しとった。あの手の連中は常にそうした手段に出る」考え込みながら短い顎鬚をしごく。

「トウィル家を保護するよう手配せねばならんな」

「お願いします、なるべく早く」シオニーは訴えた。「わたしを助けにきてくれて本当にありがとうございます、でも、心配なのは家族なんです。マーシャルとマーゴはまだ子どもだし、両親には避難する先もなくて――」

ヒューズ師はアヴィオスキー師に向かって言った。「よければ電信機を使わせてもらいたい」

玻璃師はうなずいた。

エメリーがほかのみんなから離れ、シオニーの上腕をきっぱりとつかんだ。「くるんだ」と低く告げる。

だが、部屋から引き出される前にアヴィオスキー師が声をかけた。「連れていく前にミス・トウィルとデリラの両方と話をしたいのですが、セイン先生。重大な問題が――」

「申し訳ありませんが、パトリス」エメリーは静かに、だが鋭く言った。「シオニーは私の実習生だ。こちらのほうは私が対処します」

そう言い捨て、シオニーをひっぱって鏡の間から出ると、階段をおりて二階へ行く。バスルームのドアをあけて中に引き込み、そこでようやく手を離した。

激しい鼓動を感じつつ、シオニーは足つきの浴槽まで後退した。エメリーは電灯をつけてドアを閉めた。

「悪かった?」かみつくようにエメリーは問いかけた。「きみが悪かった、と? ふざけるな、シオニー、殺されていたかもしれないんだぞ!」

「そんなことわかってなかったとでも思うの?」シオニーは訊いた。

「ああ、わかっていなかったと思うね」と言い返される。「でなければあれほどばかげた企てを実行したりしなかったはずだ! 相手はグラス・コバルトだぞ! そこらの掏摸《す り》とはわけが違う!」

シオニーはびくっとした。心臓の第三の部屋のできごとをのぞけば、エメリーにどなられたことは一度もなかった。

「サラージがあそこにいたらどうなっていた?」緑の瞳を爛々《らんらん》と燃やしてエメリーはたずねた。「きみはいまごろ肉用の鉤につるされていて、われわれはまだどこへ消え失せたのかと首をひねっていただろうな!」

「デリラが――」

「しかもよくデリラを巻き込めたものだ!」とさえぎる。「鏡の転移がどんな仕組みかわかっているのか？　自分ばかりでなくあの子も殺されていたかもしれないんだぞ！」

「仕組みぐらい知ってるわ、ばかじゃないもの！」シオニーはどなり返した。「むやみに突っ込んでいったわけじゃないわ！　これはわたしの責任よ――あいつらはわたしを狙ってるんだから――それなのにこの件を話し合う会合に参加することさえ許してもらえないなんて！　だから自分でなんとかしなくちゃって思ったのよ」

「その判断は間違っていた」エメリーは言った。片手を髪に通し、頭からむしりとりかねない様子でかきのける。「きみはたしかに幸運に恵まれているが、シオニー、こんな危険を冒し続けるわけにはいかない。不死ではないんだぞ。きみが自分の身を危険にさらしたとき、私がどう感じるか見当がつくか？　しかもみずから進んで！」

「こういう危険を冒してなかったら、あなたは死んでたのよ！」シオニーは逆襲した。手をふりまわし、もう少しで隣の洗面台から貝殻を叩き落としそうになる。「ほかの人がわたしをのけものにして物事を進めてるあいだ、ぼんやり座ってることなんてできないわ！」

「きみが世界を支えているわけではない」エメリーは普段の大きさに近い声で答えた。「きみは神ではないんだ。そろそろそんなふうにふるまうのはやめたまえ」

「神を信じてさえいないくせに」シオニーは腕組みして皮肉った。喉にひりひりするかたまりがこみあげ、涙があふれそうになる。その感情を抑えようとして、床の一点を見つめた。

「私がなにを信じていようが、きみがなにを信じていようが、この国の誰がなにを信じていようが知ったことか」エメリーは言った。長々と息を吐き出す。「きみのことがわからない。なぜ私に伝えることさえせずにこんな真似をしたのか理解できない。私を信頼していないのか？」

シオニーは目をあげた。瞳を見ると、顔に浮かんだ怒りの裏で、本当に傷ついていることがわかった。

肩を落とす。「信頼してるわ。それはわかってるでしょう。でも、また怪我をするところを見たくなかったの。グラスはあなたも脅してたもの」

「脅しは脅しにすぎない」とエメリー。「本気だろうがはったりだろうが、誰かに脅されるたびに一ポンド手に入れれば、いまごろ引退して悠々自適の生活ができていただろうな」

手をのばして頬にふれてくる。シオニーは顔をしかめた。グラスに殴られたところがまだ腫れて痛んでいた。

「これは脅しではない」エメリーは言った。いまやその声はずっと静かになっていた。

「私はきみよりずっとグラスのことを知っている。言った通りに行動することも。きみは私の命を救ってくれた。今度はきみが助けさせてくれる番だ。ライラとは戦えなかったが、グラスやサラージとなら戦うことができる。あいつらはライラとは比較にならない。ライラは初心者だった。ペットの子犬と狼を比べるようなものだ」

とうとう決意が崩れて涙がこぼれた。不揃いな線を描いて顔を流れ落ち、エメリーの親指を濡らす。「わたしのせいよ」とささやく。「わたしのせいで家族に危険が迫ってるの。どうしよう、みんなあいつに殺される……」

エメリーが肩に手をおろして体を引き寄せた。そっと抱きしめられる。まるで先ほどの家の気配がまだまとわりついているかのように、木炭とブラウンシュガーの香りがした。シャツの襟が涙を吸い取った。

「約束する、きみの家族を守るためにできるかぎり力をつくすと」エメリーは言った。「こけおどしであることを祈ろう。だが、グラスとサラージはもう私の問題だ」

シオニーを離し、体と一緒にぬくもりを持ち去る。それから、ドアをあけて廊下に姿を消した。

シオニーは長いこと彫像のように立ちつくしていた。茫然として打ちひしがれ、心にひびが入っていくのを感じながら。ようやく頭をふり、勢いよく向き直って紙の魔術師のあとを追う。

最初に目に入ったのは、鏡の間から階段をおりてくるアヴィオスキー師とデリラだった。

「執行猶予ということにしておきます、ミス・トウィル」アヴィオスキー師は胸の前できっちりと腕を組んで告げた。隣でデリラが床を見つめ、木の床板の節に爪先を押し込んでいる。「あいにく、状況を考えると自宅軟禁を言い渡すわけにはいきませんが、またこんな真似をしたら、実習を中止することを考慮せざるを得ません」

まるで一フィートの大きさに縮んでしまったような気がした。反論をすべてのみこんで答える。「公平なご判断だと思います。本当に申し訳ありませんでした。デリラ、こんなことになるとは思わなかったの」

デリラは肩をすくめただけだった。「もうみんな元気になったじゃない?」とたずねたものの、口調はひどく沈んでいた。

シオニーは玻璃師ふたりをすりぬけたが、玄関への階段を一段おりたところで、アヴィオスキー師が問いかけた。「それで、どこへ行くつもりですか?」

「エメリーを捜しに」自分の唇から出たのが苗字ではなく名前だったこともかまわず、シオニーは答えた。どうせアヴィオスキー師の渋面がこれ以上ひどくなることはありえない。

急いで階段をおりたが、さいわい足首はよく持ちこたえてくれた。玄関を入った正面の部屋をのぞき、それから食堂のほうへ廊下を歩いていく。エメリーの声が聞こえたので、それを頼りに進み、台所の近くでまだ電信を打っていたヒューズ師を通りすぎて、一階の反対側の端にある小さな居間にたどりついた。

エメリーは骨董品の机の前で電話の受話器を耳に押しあてていた。

会話の最後が耳に入った。「――の前で。そうだ。助かる」

電話を切る。

「なにをするつもりなの？」シオニーはたずねた。「グラスとサラージは自分の問題だって言ったからって、わたしが満足するはずがないでしょう」

「この件に関してきみには発言権がない」エメリーは声を抑えたまま言った。「それに、判断するのは私だけではない」

脇を通りすぎて玄関へ向かう。

「この件に関して発言権がない？」シオニーは追いついて繰り返した。「あんなことがあったのに、まだわたしになにも教えてくれないっていうの？」

エメリーは陰気な笑い声をあげた。足を止める。「なにも教えないですめばと思うが」冷淡で遠慮のない言い方だった。ヒューズ師に聞こえないように声を低めたままだ。「だが、それではきみの気がすまないだろう。土下座して頼み込んだところで、無知なままではいてくれないだろう。シオニー。きみは消せない蠟燭のようなものだ。そしていまや、この世界のもっとも暗い部分からもはっきりと見える。闇の住人どもはその光を許容しないだろう」

頭をふって歩き続ける。シオニーはそのあとを追って廊下に出た。「本当にごめんなさい、エメリー。お願いだから怒らないで」

「ごめんなさいって言ったでしょう」喉の奥で言葉がふるえた。「時間を戻して変えられるならそうするわ」

「時間が物質ではないのは残念だ」相手は応じ、玄関のドアをひらくあいだだけ立ち止まった。午後の陽射しの中に踏み出すと、せまい前庭の先にのびている通りをながめる。そして腕を組んだ。「それに私は怒っている。おそろしく――」言葉を切る。「おそろしく腹を立てている。だが、きみの面倒は見る、シオニー。この命をかけて誓う。きみの身は守る」

胸の中で心臓がよじれた。暑さにもかかわらず腕に鳥肌が立つ。足もとに視線を落とし、もう一度「ごめんなさい」と言うことしかできなかった。

数分後、縁石の脇に自動車が止まり、エメリーがそちらへ歩いていった。乗客はいなかったが、運転手がおりてくるとすぐに誰なのかわかった。

「ラングストン」シオニーは口にした。「引き受けてくれて感謝する」

エメリーが声をかけた。

「気にしないでください」ラングストンは答えた。

エメリーはこちらをふりかえった。「しばらくラングストンのところに滞在してもらう。必要なものはすべて手に入るように取り計らってくれる」

シオニーはぽかんと口をあけた。「わたし……わたしを配置換えするの？」

ラングストンが言葉を添える。「事件が解決するまでの一時的なものだよ。安全に過ごせると約束する。よく気をつけるから」

だが、シオニーはかぶりをふった。「あ、安全に過ごしたいわけじゃないわ」エメリーに声をかける。「あなたと一緒にいたいの」

エメリーはその視線を避けた。「面倒を見てやってくれ。あまり長くならないように努力する」

「あまり長くならない？」シオニーは繰り返した。エメリーのシャツの袖をつかむ。

「いったいなにをするつもり？」

「頼む、シオニー」相手はつぶやくように言った。「頼むから私のために折れてくれ。

せめて自動車に乗るだけでも」

ひっぱたかれたような気がして、シオニーは手をひっこめた。頰が新たにうずきだす。言葉を押し出すことができず、ただうなずくと、ラングストンが助手席のドアをあけた。エメリーは別れも告げずに家へ引き返した。シオニーは遠ざかる車から戸口を見守ったが、その姿は二度と出てこなかった。

第十七章

ビストロでの事件のあと街で助けてくれたときと同じように、ラングストンは車で移動中、ありふれた質問を投げてきた。だがシオニーはまるで会話をする気になれず、ひたすら窓の外を見つめて通りすぎる建物をながめていた。何区画か進むと、ラングストンは天気や大学図書館のことをしゃべりだした。最近、大学図書館にはアメリカの新聞がたくさん揃えられているという。ラングストンいわく、イギリスの新聞より「ごまかしが少ない」らしい。

家族が住んでいるホワイトチャペルズ・ミルスクワッツへ行くときにまがる通りを横切ったとき、シオニーは窓に顔を押しつけた。いまごろ父は仕事で、母は夕食の準備をしているはずだ。妹のジーナは友人と出かけ、学校が始まる前にできるだけ余暇を使い切ろうとしているだろう。マーシャルはソファにまるくなって本を読んでいそうだし、マーゴは外で泥だらけになって虫を探したりお城を建てたりしているに違いない。

外にいれば誰にでも見られてしまう。警告しなければ。

「ミルスクワッツに連れていってもらえない？」ラングストンが通りを渡る女性のために車を止めたとき、シオニーは頼み込んだ。

「すまない」ラングストンは答え、本気で申し訳なさそうな顔をした。と同時に、助手席のドアに南京錠をかけたいと思っているようでもある。「セイン先生にまっすぐ家に連れていけと頼まれていてね。家族のことが心配なのかい？」

シオニーは座席に沈み込んだ。「ええ」

「大丈夫だよ」ラングストンは自動車を前進させながら言った。「セイン先生はきっちりしてるし、刑事省が関係しているなら、きっともう家に行って状況を整理しているはずだ」

シオニーはうなずいたが、若い折り師の言葉はわずかななぐさめにしかならなかった。冬の嵐をすりきれた毛布で防ぐようなものだ。どんなにきっちり体をくるみこんでも、穴があいている箇所はどうしようもない。

ラングストンは国会議事堂からさほど離れていない通りを進んでいった。片側には続き棟の住宅、反対側には化粧品店が並んでいる。住宅は――黄褐色、白、灰色、サーモンピンクさえある――すべて五階建てで、隙間に蟻一匹這い込めないほどぎゅうぎゅう押し込まれていた。ラングストンは黒でふちどられたコーヒー色の住宅の前に駐車し、自動車をまわってきてシオニーを出してくれた。肘をさしだされたがシオニーは首をふり、ひとりであとについていった。

ラングストンの住まいは二階で、なぜなのか説明はできなかったが、中の様子は予想外だった。せまい食堂と一体になった広い居間があり、光沢のある赤褐色のつやだし剤のかかった木の床が全体に張ってある。天井から電灯をつるした一段のシャンデリアがさがり、クリーム色のカーテンにふちどられた幅の広い窓がいっそう明るさを増していた。居間には片側だけ背もたれのついたソファと籐椅子、それにアップライトピアノがあった。半分埋まった簡素な本棚が食堂との境の壁際に立っており、その食堂にはたくみな木工細工のテーブルと椅子が六脚置いてある。片側の隅が小さな台所になっていて、反対側のかどには上階へ通じる螺旋階段がのびていた。

どこもとても清潔でこざっぱりとしている……それに、エメリーのごちゃごちゃした家と比べると、やや家具が少ない印象だった。つまり、そのせいに違いない。家のありとあらゆる隙間に小間物や無駄な装飾品をつめこむエメリーに慣れているので、ラングストンの家はがらんとした感じがするのだ。一時の住まいという気がする。実際、自分にとってはその通りだ。ともかくシオニーはそう願っていた。

ラングストンは上の階の客用寝室に案内してくれた。エメリーの家で使っている部屋の二倍の広さがある。奥の壁には広い窓台のついた大きな四角い窓があり、いちばん近い壁には衣裳戸棚が作りつけられ、ふちに紫の百合を描いた小さなテーブルと、三人寝られるぐらい広いベッドが置いてあった。

「廊下の先にトイレがあって、戸棚に服が何着か入ってるよ」ラングストンはそちらを示して言った。「何週間か前にうちの妹が泊まったとき、いくらか置いていったんだ。体形はきみぐらいか、少し大きいかもしれないな。自由に着てくれてかまわないよ」

「ありがとう」シオニーはなんとか言葉を押し出した。落ちつかない気分で右の人差し指をひっぱると、小さくぽきっと音がした。

ラングストンはほかに台詞を探したようだったが、なんと言ったものか途方にくれたらしい。

「せめてわたしの犬をとってきちゃだめ？」シオニーはたずねた。「アパートに置いてきたの――」

「本当に気の毒だと思う」と言う。「でも、ここにいてもらわないと。きっと長くはからないよ」

シオニーはうなずき、ラングストンは部屋から出ていった。

ひとりになるとすぐ窓に歩み寄ったが、室内の暑さにもかかわらずあけようとはしなかった。道沿いに植わっている小さな木々から、しゃれた帽子をかぶった女性たち、葉巻を吸いながら話している男たちまで、外の街を見渡す。みんなとても楽しそうだ。なにも知らずに。

溜め息をついてずるずると膝をつき、肘と顎を窓台に乗せる。エメリーはまだ怒っている。それも当然だ。デリラも、アヴィオスキー師も。ばかげた行動を褒めたのはヒューズ師だけで、その称賛は傷口に塩をすりこんだだけだった。どう償ったらいいか考えようと頭をめぐらしたものの、答えは見つからなかった。謝罪よりましな方法は思いつかないが、これまでのところ、謝ってもなんの役にも立たなかった。

ラングストンがドアを叩いた。「ほら、これがそのあざに効くよ」と、紙吹雪をつめた袋を渡してくれた。エメリーが冷蔵庫に入れているのによく似ている。袋は指にひんやりと感じられた。

「ありがとう」と言う。ラングストンはうなずいて立ち去り、シオニーは袋を頬に押しあて、皮膚の下の痛みにたじろいだ。きっとひどい顔に見えるに違いない。

ラングストンの辛抱強さに感謝するためにも、なにか料理しようかと考えたものの、やる気が起きなかった。やさしいラングストンは、六時十五分にビスケットとはちみつを持ってきてくれた。シオニーはゆっくりと、少しだけ食べた。長時間食べずにいたにもかかわらず、胃がきつい気がした。もっとも、ビスケットと一緒にきた水はがぶがぶ飲んだ。ほとんど機械的にかじりながら、家族とデリラのことを考える。エメリーのことを。

その晩は真夜中まで起きていて、とぎれとぎれにしか眠れなかった。グラスの脅迫や紙工場で見かけたサラージの曖昧な記憶、車の事故が起きた晩のこと、市場でのできごとなどが頭の中をめぐり続けた。

グラスの言葉に思いをはせる。〝すべては物質の中にある……あのいまいましい誓約の文句……〟

だが、誰も結合を断てないはずだ。タジス・プラフでそう叩き込まれている。なぜなら物質を選ぶというのは――少なくとも選べる者にとっては――魔術師という職業につく上できわめて重要な、決定的な判断だからだ。人生のどこかで、グラスは正式な権限なしにガラスと結合した――それ自体が重罪だ――そしてその結びつきは取り消せない。

ようやく眠りに落ちたとき、シオニーは断続的に鏡とエメリーとグラスの夢を見た。とうとう日が昇り、ベッドから抜け出す口実ができるまで。

翌朝、たしかに体に合う薄青いブラウスが見つかった。スカートの大部分は腰まわりが大きすぎ、裾が長すぎてうまくおさまらなかったが、戸棚の奥に脛の半ばまでぐらいの淡い灰色のスカートがあった――通常好むものよりは短い。ラングストンの妹がはいたら膝丈に違いない。ということは、きっと自由党支持者なのだろう。靴下があろうがあるまいが、保守的な女性がこんなに脚を出すはずがない。だが、自分のスカートはおそろしく汚れていたので、新しいスカートをはき、背中でヘアピンを使って腰まわりを縮めた。髪をとかしたものの、予備のピンも髪留めもなかったので、肩の上で編んでおくしかなかった。

下ではラングストンが食卓についており、なにも入っていないオートミールを一皿食べながら、新聞の科学面で「可塑師が固形状の〝ポリスチレン〟樹脂を発明、魔法のかけ方は不明」という見出しの記事を読んでいた。シオニーが近づくと目をあげ、きれいに口をぬぐう。

「向こうから連絡があった?」シオニーはたずねた。

ラングストンは首をふった。「残念ながら。朝食を持ってこようか?」

シオニーはちらりとオートミール――煮すぎたように見える――に目をやって言った。

「よかったらなにか作るけど。手間じゃないわ。なにがあるの?」

ラングストンはつかの間、あっけにとられてこちらを見つめた。「ええと……そう、戸棚に小麦粉がある」

シオニーはやっと本物の笑顔になった。「少しあさってみるわ」

台所じゅうを物色し、ラングストンが大型のコンロを持っているのを見て満足した。見つかった材料はばらばらだったが、炒めたトマトと塩味のキノコ、落とし卵、それにブラックプディングを手早くまとめて出す。最高の食事というわけではなかったが、ラングストンは気づかないようだった――トマトだけでご馳走だと思ったらしい。この人はさっさと結婚する必要がある、とシオニーは結論を出した。デリラになんとかデートさせられないものだろうか。その考えは口にしなかった。

「それで」食べ終わって沈黙が漂ったとき、シオニーは切り出した。スカートの生地を指でつまみ、ひっぱりおろそうとする――テーブルもあるし、折り師に脚が見えるわけではないのだが。「あなたはいまどんなことをしてるの？　中止になったって言ってたあの会合って……」

ラングストンが新聞から顔をあげる。

「最初に会ったときよ」シオニーはしめくくった。

相手は少し考えてから背筋をのばした。「ああ、思い出した。実はサイナッド・ミューラーとプラフの理事会の会合だったんだ。次の日に予定を組み直したよ」

サイナッド・ミューラーと聞いて顔をしかめないようにしながら、シオニーはうなずいた。その人物の名は、タジス・プラフ魔術師養成学院で獲得できるもっとも有名な奨学金につけられている。本人の脚に超高級ワインを入れ物ごとぶちまけたおかげで、シオニーがもらいそこねた奨学金だ。だがスカートに手を突っ込もうとしたのだから、ワインをかけられても当然だった。スカートが長いほうがいいと考えるたくさんの理由のひとつだ。

シオニーはまた生地をひっぱった。「奨学金のために？」

ラングストンは首をふって否定した。「いや、違う、たんに学院の時間割のことだよ。タジス・プラフは二学期の課程に折り術の科目を加えようと考えているんだ。紙を使う魔術への興味をかきたてるためにね。ほら、なり手が不足しているだろう」

「必修科目？」シオニーはたずねた。自分がいた年、タジス・プラフの勉強の量ときたら、息がつまりそうなほどだった。まさかこれ以上履修課程を増やすことはないだろう！

「いやその」ラングストンは新聞の端をいじりながら言いはじめた。「ぼくは成績評価のない課外講座にするといいと思っているんだ——興味のある学生が選べば登録できるような。しかしミューラー教授は、必修科目か追加の単位がもらえなければ、みんな参加しないだろうと考えている」

「あなたが教えるの？」

「おそらく」とラングストン。「または集会のようなものにできるかもしれないな、職業体験日とか。ぼくは基本の術を見せるだけにするんだ。なにか興味をそそるような——命を吹き込む術、幸運のお守り、星の光、そういったものを」

シオニーはスカートを離した。「星の光？」

「知らないのかい？」ラングストンはたずねた。「そうだな、ちょっとフラシ天みたいに見える小さな星で、光を放つんだ。誕生日パーティーや停電のときには実にいいよ。街にはたくさんある」

シオニーはにやっとした。そういうものならマーゴが大喜びだろう！「見せてもらえる？」

「えー……ああ、もちろん。練習になる」

つかの間新聞を見て考えていたが、結局食卓から立ちあがり、居間の机のほうへ移動した。そこには紙の束がいくつか置いてあった。黄色とピンクの長方形の紙を選び、鋏と一緒に食卓へ持ってくる。

「まず、細長く切る」と言い、黄色い紙の長辺を切りはじめた。

「大きさは関係ある？」

「うーん……いや、そんなことはないと思う」と答えて細長い部分を切り終える。「それから四隅折りをする……四隅折りはもう知っているかい？」

「とにかく折ってみて」シオニーは言った。「見てるから」

ラングストンはほっとしたようにうなずき、続けて星を折った。ずんぐりした指がたくみに折り目をつける。細長い紙片の一部を結び目のようにしたが、強く皺をつけなかった。残った紙を包帯のように巻きつけて小さな五角形を作ると、端をはさみこんで形をきれいにする。それから星形になるまで五角形の各辺を注意深く小指で押し込んだ。

星の光を手で掲げて言う。「輝け」

紙の中でマッチをともしたように、星は内側からやわらかく輝きはじめた。明るい朝の光のせいでまわりを両手で囲わなければならなかったが、ラングストンが「停止せよ」と命じるまで、星のやわらかな輝きはずっと安定していた。

「きれい」シオニーは言った。「もしよければためしてみたいわ」

細長い紙を切って、記憶からラングストンの動きをまねる。もっとも、二回手を止めて質問しなければならなかった。あの大きな手に隠れて、折る過程がよく見えない箇所があったからだ。完成すると、やわらかく光る小さなピンクの星を両手で持った。こんなに簡単なのに、美しい。

「こんなに壊れやすくなければ、すてきなネックレスになるのに」と意見を述べる。エメリーが髪留めにしたように、星の光にエナメルペイントを塗っても輝くだろうか。エメリーのことを考えたせいで喜びが薄れてしまい、星に命じた。「停止せよ」

ラングストンが椅子の上でもぞもぞ動いた。

「銃は持ってる？」シオニーは星を下に置いてたずねた。中等学校でなにかあっていらしているとき、たまに父が田舎へ連れていって散弾銃を撃たせてくれた。引き金を引いて銃声をとどろかせると、いつでも心を空白にするのに役立ったものだ。

ラングストンは蒼ざめた。「ぼくは……その、きみをこの家から出さないことになっているんだ、わかるだろう。ここで銃を使うわけにはいかないし」首の後ろをさする。「ぼくは教えるのがうまくないが――とにかくいまのところは――きみが読んでもいい本が何冊かあるよ。まだセイン先生に教わっていないものが見つかるかもしれない」

「そうね」シオニーは同意し、座ったまま肩を落とした。「よかったら自分で見てみるわ」

「もちろんだよ」

シオニーは椅子を押して食卓から離れ、無言で皿を片付けて洗ったあと、本を物色して教科書ではなく『ジェイン・エア』を手にとった。ラングストンが見ていないとき、机の上から紙を一枚とペンをかすめとり、上の階の客用寝室にひきさがる。ベッドに腰かけて小説によりかかり、紙に書いた。「わたしを信じて家を出て。休みをとってどこでもいいから行って。お金は送るわ。お願い、急いでね」

文章を読み直して下唇をかむ。刑事省はまだ対応策をとっていないかもしれない。グラスとサラージをひっぱりだす囮として、シオニーの家族を使うと決めた可能性さえある。そう考えると胃がむかむかした。

あの連中が脅しを実行するまでに時間はかからないだろう。しかもサラージにとっては、一回体にふれさえすればいいのだ。

車の運転手のことを思い、みぶるいする。ずるずると床に座り込むと、紙を床にあてて折り、紙の鶴を作った。

「息吹け」と命じる。

紙の鳥は翼を広げ、三角形の頭をこちらへ持ちあげた。

シオニーは住所を声に出して言った。

「誰も家にいなかったら、そのことがわかるようにまっすぐここへ戻ってきて」

鳥は手の上でぴょんとはねた。シオニーはちょうど鳥が抜け出せるぐらい窓をあけた。下の通りを横切って飛び立った白い体は、隣の住宅の列を越えて遠ざかるにつれ、小さくなって視界から消えていった。

シオニーは吐息を洩らして窓を閉めた。状況がわからないのはいやでたまらない。窓台にもたれて玻璃師製のランプが並ぶ通りを見おろす。『ジェイン・エア』のページを破って即席の望遠鏡を作りたいという誘惑にかられた。車がこないか、藍色のコート姿の男性がいないかと探したが、求める相手は現れなかった。

〝私は怒っている〟

シオニーは額をガラスに押しつけた。「ごめんなさい」とささやく。だが、ほかに手紙を送る手立てを知らなかったのだ。(わたしはばかだった。なにも考えてなかったわ。デリラとヒューズ先生とあなたを危険にさらしてごめんなさい。お願いだから信じて。もし時間を遡《さかのぼ》って自分を止められたらそうするわ。あなたが好きなの)

頬にふれ、治りかけたあざをつっつく。こんな目に遭ったのも当然だ。

通りすぎる人々をながめながら長いあいだ窓際で待ち続け、客を乗せたタクシーが道を走ってくるたびに息をこらした。

だが、それでもエメリーはこなかった。

第十八章

『ジェイン・エア』を五十ページ読み、服を洗い、ラングストンにグレービーのきちんとした作り方を見せてやったあと、シオニーは風呂に入り、なんとかまともな時間にベッドに入った。よく眠れなかったとはいえ、前の晩よりはましだった。朝になると、床まで届くスカートをはくことができて少しほっとした。

窓辺で白い小鳥を捜したが、戻ってきていなかった。無事目的地についているといいのだが、それなら家族がまだミルスクワッツにいたということだ。あるいはほかの誰かが。誰なのかは想像がつく。

胃がちりちりして、ブラウス越しに腹をさすった。ラングストンは電話を持っていたのでは？　アヴィオスキー師にかけてみたらなにかわかるかもしれない。なんでもいい。そうしないとスフレ同然にしぼんでしまいそうだ。

下の階へ行く途中で、ラングストンが居間で誰かと話している声が聞こえた。二、三

歩おりただけで相手がわかり、そこから床まで転がり落ちそうになった。心臓がまたも
や喉にせりあがる。
シオニーは居間に駆け込んだ。「エメリー……あの、セイン先生」
玄関のドアの脇に立ったエメリーは、藍色のコートも、どんなコートも着ていなかっ
た。ボタンのついた長袖の白いシャツと暗灰色のスラックスを身につけているだけだ。
ネクタイを締めていれば、すぐにでも会社で働けそうな恰好だった。顔は髭を剃ったば
かりで、髪も切ってある。それほど違っては見えず、いくらか短くなって乱れがおさま
っているだけだった。
あばらの上で軽く腕を組んで立ち、左側に体重をかけている。ちらりとこちらを見た
瞳から炎は消えていた。
ほれぼれするような姿だ。
きっちり服を着込み、両肩にズボンつりをかけたラングストンが隣に立っている。言
い争っていた内容を立ち聞きしようと思いつかなかったことを責めた。ふたりの表情か
ら判断して、会話は自分に関係していたらしい。
シオニーは背中で手を組み、顔が赤くなるのをこらえた。「わたし……こんなに早く
会えるとは思ってなかったわ」（期待してただけよ）

「いくつか話し合うことがある」エメリーが言った。怒っているようではなく、ただあきらめたような響きだった。なにをあきらめたのかはわからない。また表情をとざしてしまい、目の奥の秘密を読み取ることができなかったからだ。誰があの技を教えたのか知らないが、よけいなことをしてくれた。

ラングストンが口をひらく。「なにかとってくるものがあるかい？」

「わたしの靴だけよ」シオニーは答えた。不安になってつけたす。「とってくるわ」上の階へ駆け上って、きのうはいていたオックスフォードシューズをはくと、少し時間をとって何度か深呼吸し、肩を広げた。それから頬をつねり、急いで下へ戻っていく。

エメリーがドアをあけた。「重ねて礼を言う、ラングストン。その推薦状が必要なら知らせてくれ」

ラングストンはうなずくと、シオニーに向かって帽子をあげようとして、かぶっていないことに気づいた。うなずくことで妥協し、声をかけてくる。「それじゃ、気をつけて」

シオニーは感謝の言葉を伝えて廊下に出た。エメリーが背中に片手をあてて玄関まで誘導する。もう一方の手がポケットを探り、紙の鶴をひっぱりだした。押し込まれていたせいで右の翼がひしゃげている。シオニーの鶴だった。

「いい考えではなかったたな」

心が沈み込んだ。では、家にいたのはこの人だったのだ。「うちの家族は？」

「安全だ。ロンドンを出た」

「ありがとう」

エメリーはうなずいた。

シオニーは深く息を吸った。「じゃあ、両親に会ったのね」

「会った」

スカートを両手でねじる。「本当に悪かったと思ってるの、エメリー」

「わかっている」静かな返事だった。「してしまったことはしかたがない。それに結局、たいして変わらなかった」

「いったいなにが変わらなかったの？」と問いかけても、答えはなかった。シオニーを導いて建物から出ると、すでにエンジンをかけて待っていたタクシーに乗り込む。

座席の後ろに置いてある旅行鞄に目がとまった。「家に戻ったの？」

「少しだけだ」

ふたりが席に座って車が動き出すと、エメリーはたずねた。「知っておくべきことがほかにあるか？　きみが言わないでおいたことが？」

シオニーはかぶりをふった。「いいえ。ただ、紙飛行機をなくしたわ。あれで納屋まで行ったから」

「ふむ」と答えてうなずく。「屋根を閉めてきているといいが」

閉めてこなかった。

ふたりは黙って座り、シオニーはボタンがひとつちぎれそうになるまでスカートをねじった。エメリーは気づいたらしく、壊すのを止めようとシオニーの手を押さえた。

「私は自分の人生を他人に打ち明けるたちではないが」シオニーの手に視線をすえて言う。「これまでにたくさんのもの――大事なもの――を失った。きみをその中に加えたくはない、シオニー。誤解しているかもしれないが、きみのことは大切に思っている。指導役としての職務は別として、個人的にきみの幸せを守ろうと決めた」

その台詞を聞いて脈が速くなった。胸が熱くなる。

エメリーは車の座席にもたれかかった。「約束通りきみの家族は無事だ。すべてが解決するまで面倒を見てもらえる」

「ありがとう」シオニーはささやいた。

「きみはしばらくアヴィオスキー先生のところに滞在することになる。向こうもそうすることを諒承してくれたし、きみの安全を確保してくれるはずだ」そしてつけくわえる。

「一緒にいられてデリラも喜ぶだろう」

シオニーはデリラのことを訊こうと思っていたが、思い直して言った。「どうしてわたしがアヴィオスキー先生のところに滞在するの？　あなたはどこにいることになるの？」

旅行鞄のほうをふりかえり、それから窓の外を見て、通りすぎていく店を見渡す。ブリッグズ薬局、ウルフ鉛筆店。これはアヴィオスキー師の家への道筋ではない。朝日に照らされた建物と通りの標識が流れていく様子をながめ、全身が沈み込むのを感じた。

「出かけるのね。駅に行くんでしょう」

「実に鋭いな」エメリーは答えた。

シオニーは座ったままそちらを向いた。「どこに行くの？　なにをするつもりなの？」

相手は視線を合わせなかった。「何年もやってきたことだ」

「グラスを追いかけるのね」運転手に聞かれないよう声を抑えたまま、鋭くささやく。「自分はあの男を追いかける気でいるんじゃないの、わたしのことを叱ったくせに！」

エメリーはふりむいた。顔が間近にあった。「これは違う、シオニー。私には経験がある。刑事省を代表して下した判断だ。それにグラスを追いかけるわけではない」

怒りがずたずたにはぎとられ、戦慄がとってかわった。「サラージ」とささやく。「サラージを追うのね」

エメリーは眉をひそめたものの、うなずいた。

歩道に立っている時計がちょうど八時の鐘を鳴らしたとき、車は駅の脇に止まった。シオニーはエメリーの腕をつかんで行かせまいとした。「だめ、エメリー！」まばたきして涙をこらえながら訴える。「だいたい、どうやって居場所がわかるの？　どこに行くつもり？　どのぐらいいなくなるの？」

「わからないか、きみには教えられないかだ」と言われる。その顔は……うしろめたそうだった。

シオニーは答えようと口をひらいてから、かわりに運転手に話しかけた。「ちょっとだけ車の外に出ていていただけませんか？」

運転手はうなずいて外に出た。その取り決めに満足しているようだ。煙草とマッチをポケットからとりだした。

「あなたを生かしておこうとして、あんなに大変な目に遭ったのに」シオニーは言った。「殺されに行くつもりなのね！」

エメリーは実際にほほえんだ。「ずいぶん信頼されていないようだな」

「あなたは手のひとふりで人を殺せる男を追いかけようとしてるのよ！」シオニーは叫んだ。「お願いだから考え直して。どんなことでもするから。二度と家を離れないわ。あなたがそうしたければ配置換えされてもいい。お給料もいらない。でもどうか、どうか行かないで」

エメリーの表情がやわらいだ。手をあげてそっとシオニーの頰のあざにふれる。なでられて顎から首筋までぞくぞくした。「あの手の連中をどう扱ったらいいか、私はたいていの人間より心得ているんだ、シオニー」と言う。「それに、こうすれば直接きみの安全を保証できる。頼むからこの件では信頼してくれ。今回は私の気を変えることはできないよ」

ほつれた髪の房をシオニーの耳の後ろにはさみこむと、体を離して座席の後ろから旅行鞄をとりあげる。シオニーは茫然として言葉もなくその様子を見守った。胸の鼓動が遅くなる。指がぶるぶるふるえた。

エメリーはタクシーのドアをあけ、日の光の中に踏み出した。

ひとりでサラージ・プレンディに立ち向かうつもりなのだ。

姿を見るのはこれが最後になるかもしれない。

〝きみのことは大切に思っている〟

旅行鞄を手に駅へ歩いていく姿を、ガラスのない窓から見送る。漆黒の髪に黄金の太陽がきらきらとたわむれていた。

心臓の音が速まり、やがて鼓動に合わせて皮膚が脈打った。シオニーは勢いよく座席を横切り、把手をつかんでドアを蹴りあけた。外に飛び出し、明るい朝の光に目をしばたたく。

それから大声をあげた。「殺されるつもりなんだったら、せめてその前にキスぐらいしていけるでしょう！」

エメリーは立ち止まった。列車のほうへ向かっていたほかの男性ふたりもだ。ふりかえってこちらを見ている。その体を後光のように陽射しが包んでいた。

相手が車に戻ってきたので、シオニーは赤くなった。怒らせたのだろうか？　まさか本当に……？

エメリーは荷物をおろした。片手をシオニーの腰にまわし、もう片方を顔のあざのない側にあて、車から遠ざける。

注意深く右に顔を向けると、身をかがめてキスした。

温かい唇が押しあてられ、体じゅうが裏返ったような気がした。太陽のまばゆい光線につらぬかれる。街が少しずつ消えていった。

目を閉じてエメリーの首に手をのばし、ずっと望んでいたようにくちづける。合わせた唇をひらいて存分に味わい、喜びをかみしめた。

キスは永遠に続いたように思われ、それでいてほんのつかの間で終わってしまった。エメリーはゆっくりと身を離し、残されたシオニーは淋しくてたまらなくなった。美しい緑の瞳をのぞきこむと、一瞬、なにもかもそこに見えた。あれほどあざやかに憶えている心臓の中身のすべて、三カ月前に会って以来獲得してきた笑顔と、口にしない言葉のすべてが。

エメリーは額にもう一度唇をあてると、一歩さがって旅行鞄を持ちあげた。それ以上なにも口にしなかったし、シオニーも列車のほうへ去っていく姿に声をかけなかった。もう言うことはない。ひとつ残らず、なんらかの形で伝えている。

激しく打つ心臓を両手で押さえ、離れていく紙の魔術師をじっと見つめる。やがてその姿は消えてしまった。シオニーはまた車に乗り込み、アヴィオスキー師の家までの道順を教えるしかなかった。エメリーが無傷で帰ってくるようにと、無言の祈りを捧げるしか。

第十九章

シオニーはアヴィオスキー師の家――市街地が郊外に変わるあたりで通りの一角を占めている高いゴシック建築の構造物――で車をおり、運転手に礼を言った。濃灰色の屋根板が切妻屋根と小塔の両方を覆っている。小塔の後ろに煙が出ていない細い煙突が立っていた。低い紡錘状の柵の奥に長いポーチがあり、二階を支えている装飾的な円柱は、まるで巨大な居間の椅子から盗んできたようだった。この家にきたことは三回ある。一度はタジス・プラフ魔術師養成学院の卒業祝いのとき――折り術に指定するとアヴィオスキー師に言い渡される前――で、一度はデリラを訪問するため、一度は二日前、あのベルギーの不愉快な地下室から助け出してもらったあとだ。

だが、とぼとぼと家の前の階段を上りながらも――アヴィオスキー師が迎えに出てこないのは少々意外だった――シオニーの心と思考は駅にとどまっていた。エメリーはいまごろ列車に乗っているだろう。追いかけて行き先を知ることさえできたら。サラージが街を出ていないかぎり、それほど遠いはずはない。そしてあの危険な切除師が街を出たのなら、エメリーが行かずにすむよう、魔術師内閣がそのまま放置してくれるといいのに。

呼び鈴を鳴らしながら二本の指で胸もとをさすり、肺のあいだの痛みをやわらげようとした。そこにエメリーの心臓で見たような峡谷ができかけているところを想像する。もしエメリーが帰ってこなかったら、あれが心を引き裂いてしまうとわかっていた。刑事省は家族を守ってくれたが、どうして大切な人も守ってくれないのだろう。

唇をなめ、記憶力のよさを一瞬だけ感謝した。なにが起きてもあのことは思い出せる。最後のごくささやかな細部に至るまで。目を閉じてその記憶を味わっていると、膝から力が抜けた。（ああ、エメリー、お願いだから死なないで）

誰も応答しなかったので、ドアを叩いてみる。アパートから持ち物を回収できるだろうかと考えたものの、さすがに玻璃師がふたりいれば、シオニーの所持品を持ってきてくれるぐらいできただろう。それにここには一時的に滞在するだけだ。せいぜい一週間だろう。ひょっとしたら二週間か。

シオニーは戸口からひとあしさがって駅の方角をながめ、街の物音越しに汽笛が聞こえないかと耳をすました。耳に入ったのは静寂と、姿の見えない鳴き鳥の歌声だけだった。庭の左半分に影を落としている野生のリンゴの木に止まっているようだ。

溜め息をついて把手をまわしてみる。鍵がかかっていないことを発見し、中に入った。玄関をあけると、二階へ上る階段と一階の奥へ続く廊下があった。シオニーは正面の部屋をのぞきこんだ。おろした日よけの隙間から陽射しが洩れて室内を照らしている。

「アヴィオスキー先生?」と呼びかける。「デリラ?」

家にいないのはおかしい。状況を考えると、アヴィオスキー師はシオニーの到着を待っているはずだ。そのぐらい律儀な人なのだから。

急に胃が縮んだ感じがした。肌に虫が這っている気がしてうなじをぴしゃりと叩いたが、髪の毛にすぎなかった。

シオニーは靴を脱いで——アヴィオスキー師は絨毯を土足で歩かないようにとうるさいのだ——二階まで十一段あがっていった。そこには図書室と居間、鏡と寝室のドアがずらりと並んだ長い廊下がある。デリラの部屋は右側の三番目だったが、からっぽだった。浴室も、広さと飾り気のなさからアヴィオスキー師の寝室だろうと思われる部屋もだ。

三階でかすかな足音がした。では、書斎か鏡の間にいるに違いない。デリラが授業の最中なのかもしれない。

シオニーはぐるりと戻って最後の階段のところへ行き、足の下で板をきしませながら上っていった。エメリーの家と違い、アヴィオスキー師の家は三階がいちばん小さく、三部屋しかなかった――デリラが術を練習する大きな鏡の間、アヴィオスキー師の書斎、それにせまい物置部屋だ。

「アヴィオスキー先生？」と呼ぶ。鏡の間のドアに手をのばしたが、把手にさわる前にぱっとひらいた。向こう側にいた男は戸口全体をふさいでおり、鋭い犬歯はそれ自体が光っているように見えた。

「よう、お嬢ちゃん」グラスはにやりとした。

シオニーは悲鳴をあげようと息を吸い込み、よろめきながらあとずさったが、グラスの肉厚な手がさっと突き出て首と肩のあいだのくぼみをつかみ、筋肉に爪をめりこませた。そのまま鏡の間にひきずりこまれる。覆いのない窓から陽射しがそそいでいた。空にはうっすらと雲がかかりはじめている。

相手の目の位置に持ちあげられ、足が宙に浮いた。グラスはいっそうにやにやと笑いながら体重を移し、シオニーを床板に投げつけた。膝頭が木材にごつんとぶつかり、関節が猛烈に抗議した。左膝の皮膚が切れ、シオニーはようやく声帯に空気を通した。あえぎと泣き声がまじったような音が出る。

シオニーは体をゆすって起きあがった。最初に目に入ったのは、脇の壁にかかった骨董の鏡に映る自分の影だった。頭上に大きな多面ガラスの窓がふたつあり、そのあいだの空間は吹きガラスやガラスのビーズ、ガラスのかけらが満載されたテーブルやたくさんの鏡でいっぱいだった。それから、丈の高い玻璃師製の鏡――ベルギーから戻ってきたときに転がり出たのと同じ鏡――にデリラの姿が映っているのが見えた。

急いで立ちあがる。デリラは荒縄で椅子に縛りつけられており、結んだ白いハンカチが口の中につめこまれていた。声をあげようとしたが、猿轡《さるぐつわ》のせいで言葉が出ない。みひらいた褐色の瞳から涙があふれた。

その隣にはアヴィオスキー師が立っている――いや、つるされている。爪先はやっと床につく程度で、頭の上にのばした両腕は、シャンデリアをさげる天井の鉤にかけた縄でくくられていた。首が片側にだらりとたれ、右のレンズの割れた眼鏡が鼻の上でかしいでいる。

意識を失っており、両手はぞっとするほど白く、前腕は紫色になっていた。

「だめ!」シオニーは叫んで魔術師たちに駆け寄ったが、グラスに髪をつかまれてぐいと引き戻され、オレンジ色の毛を何本かひっこぬかれた。背中が広い胸とぶつかる。グラスは太い腕をシオニーの首にまわした。

「おまえがくることを期待していたぞ、シオニー」蛇のように低く耳もとでささやく。デリラが椅子の上で身をよじり、猿轡越しにむなしく金切り声をあげた。「おれたちのちょっとした秘密を解き明かしたことを最初に知るべきだと思ったのさ。ヨーロッパじゅうおまえを追いかけまわしたおかげで、考える時間ができた。ライラに関するおしゃべりも役に立ったな」

「ふたりを放してあげて！」シオニーは訴えた。腕に爪を食い込ませたが、グラスは動揺したふうもなかった。足で蹴りつけたものの、相手にあたる角度に動かせない。「お願い、わたしにはなにをしてもいいから、このふたりは逃がして。今回のことには関係ないのよ！」

「いや、関係あるとも」グラスは言った。シオニーを離して体を回転させ、壁に押しつける。小さな三角の鏡が床に倒れて三つに割れた。肩甲骨に鋭い痛みが広がる。

「全員が今回の件の関係者さ」グラスは続けた。「おれが関係者にするからな。そしておまえに見せつけてやる。好きな相手が死んでいくあいだなにひとつできないのがどんな気分か思い知るがいい」

「あの人は死んでないわ！」シオニーは抗議した。「ライラはただ凍ってるだけで——

——」

「ライラのことはおれが面倒を見る」グラスは吐き捨てた。手をのばしてシオニーの頬のあざにげんこつをぐりぐり押しつけ、声をあげさせる。「なんとかしてみせるさ。全部わかっているからな。まず力がいるだけだ。だが、今回はおまえに邪魔はさせないぞ」

シオニーを壁からひきはがし、片手を脇の下に入れ、もう一方の手を首にまわして窓に叩きつける。指で気管を押さえつけられて、シオニーはもがいた。

グラスは口の端をごくわずかにゆがめて笑い、命令した。「砕けよ」

窓が砕け、シオニーは悲鳴を喉につまらせた。ガラスの破片がシャツと下着を通り抜け、スカートと靴下を引き裂いて皮膚に食い込む。ガラスがひとりでに背中や首に埋まった。肩をかすめ、布地と皮膚を切り裂く。脚と膝の裏に無数のちっぽけな短剣が刺さったようだった。体じゅうが燃えるようにちくちく痛み、細く流れる血が肌を濡らした。

水からあがった魚さながらにあえぐと、グラスが手を離し、シオニーは壊れた人形のように床に落ちた。赤ん坊の爪ほどのガラス片が手の皮膚にめりこみ、両腕には星形の筋が縦横に走っている。袖に血がしみこんでおり、鏡で見えるかぎりでは背中も血に染まっているらしい。

血液が酸であるかのように、ガラスのまわりの肌がひりひりと痛んだ。

体を動かして起きあがろうとしたが、鋭い破片がいっそう深く侵入してきた。焼けた石炭で肌をあぶられているようだ。ぜいぜい息を切らし、ぐったりと力を抜いて床に横たわると、顔の側面にも割れたガラスのかけらが食い込んだ。

グラスが手をはたいてにやにやした。「いいか、シオニー」室内を横切ってデリラとアヴィオスキー師のほうへ戻りながら言う。「あの秘密は言葉に関係していたし、物質に関係していたのさ」縛られたまま動きを止めていたデリラの頬を軽く叩く。「おれはライラの、大事なライラのことを考え続けていた。おまえのいまわしい妖術がどうやったら解けるかとな。逆転させなければいけないというのはわかっていた。そして思ったわけだ。〝逆転〟と。そうだ、筋が通っているだろうが？ 術を逆転させる」

「いいか、結合も術のひとつだ」両手を背中にまわして、片手でもう一方の手をとんとん叩く。「だが、どんな術にも対抗する術がある。〝停止せよ〟という命令のようなものだ。ではなぜ結合の術にもそれがあってはいけない？」

息をつめて動こうとしたシオニーは、ガラスの破片が皮膚にこすれる感覚にうめき声を洩らした。手が血にすべり、ふたたび床板にへたりこむ。

グラスは満足げに笑い、今度はもっと近くを行ったりきたりした。「そこでおれは研究し、試験し、まじめな実習生のように練習してみた。だが、まだなにか足りなかった。

いわば枠の外に踏み出して、実現したいことを本気で分析する必要があったのさ。そしてゆうべ、おまえがレストランに置いていったあの鏡をながめているうちに解き明かした。なにを発見したか知りたいか？」

シオニーの指が床をすべり、血まみれのガラスの三角錐にひっかかった。

「おれだ！」グラスは宣言し、大げさな身振りで両手を掲げた。「足りなかったのはおれだった。気のきいた答えだろうが？」

「デリ……ラ……」シオニーはうめき、床板の上をすべっていこうとした。背中から熱い液体が湧き出るのを感じて顔をしかめる。

「わからないか？」デリラとアヴィオスキー師のほうへぶらぶらと戻りながら、グラスは問いかけた。「おれこそ鍵だ！　おれ自身を結合しなおさなければならないんだ」

シオニーは目をぱちくりさせた。その言葉が理解できるまでに少し時間がかかった。

「お、お願い……」

グラスはこちらに歩み寄った。「見せてやろう、じっくりと説明してやる。まず、未加工の原料が必要だ、おれはそう呼ぶことにしているが」

ベルトから小さな袋を外し、中身をテーブルの上にぶちまける。細かい黄褐色の砂が表面にあふれでた。ガラス吹きが形を作るときに使う砂だ。未加工の原料……魔術をか

けることのできる物質のもととなる天然の元素？　「その過程、言葉を逆転させることだ。誓約の言葉が

「次は」グラスは言葉を継いだ。「その過程、言葉を逆転させることだ。誓約の言葉がなんだったか憶えているか？」

シオニーの目に髪がかぶさった。

「どうした」グラスはベルトからガラスの短剣を引き出して言った。それをデリラの襟もとに突きつける。刃を皮膚の上で軽く動かされ、デリラが猿轡の下で泣き声を出した。

「言ってみろ」

シオニーはふるえだした。その反応はまったく自分の意思とはかかわりがないように感じられた。

「ひ、人によって……作られし物質よ」とささやく。「作り手が汝《なんじ》を呼ぶ。わ、われが汝とむ、結びつく……」

「ああ、そこだ」グラスがさえぎり、言葉を途中で断ち切った。右手を砂に突っ込んで言う。「ここが難しい部分だ。大地によって作られし物質よ、扱い手が汝を呼ぶ。汝を通じ結びつくがゆえにわれと分離するべし、まさにこの日に」

温かい血がシオニーの首の脇を流れ落ちた。全身のどの傷、どの刻み目も鼓動とともに脈打ち、デリラの名前が耳の奥にこだました。

「次に自分自身と結合する」グラスは続けた。同じ手を自分の胸に押しつけて言う。「人によって作られし物質よ、汝を呼ぶ。われが汝と結びつくがごとくわれと結びつくべし、まさにこの日に」

手をひっこめてしゃがみこみ、シオニーが目を合わせられる位置にくる。「それから」低くゆっくりと告げた。「新しい物質と結合する。見せてやると約束したな？」

立ちあがってデリラの椅子を壁際に押しやると、その首に指を巻きつけた。「だめ！」シオニーは声をあげ、床を押した。膝が血にすべり、苦痛が脚から肩甲骨までびりびりと走り抜け、呼吸が止まった。

「見ているか？」グラスはデリラに目をすえたままたずねた。「人によって作られし物質よ、作り手が汝を呼ぶ」

〝切除師がどう結合するか知っているか、シオニー？〟

「グラス、やめて！」シオニーは叫んで体を起こした。両腕に火がついたようだ。背中の皮膚から新たな血がどっと流れ出し、あばらと胴体をぐるりと流れ落ちた。

「われが汝と結びつくがごとくわれと生涯結びつくべし、わが命つきて――」

シオニーは骨董の鏡をつかんでよろよろと立った。

「大地に還るその日まで」グラスは言い終えた。

デリラの喉から息のつまるような音がした。瞳が大きくなり、鼻孔から血があふれはじめる。おびえきったまなざしでグラスを見つめ、やがて白目をむいた。

グラスが手を離すと、その体は椅子の上にだらりと崩れた。

「いや！」シオニーは絶叫し、友人に駆け寄った。「デリラ、いや！　いやよ！」

グラスがふりまわした腕が胸にぶつかった。後ろに倒れると、背中のガラス片がさらに深く肌に突き刺さった。シオニーは声をあげて唾を吐き出した。唇に鉄の味がする。視野を影がふちどった。

「いいや、まだ終わっていないぞ」グラスは手をまげたりのばしたりしながら言った。微笑を浮かべてアヴィオスキー師をふりむく。

体がずきずき脈打っていた。グラスがアヴィオスキー師に近づいていくあいだに立とうともがいたが、四肢に力が入らない。もうだめだ。ここまで全身がずたずたになったことはなかった。内側も外側も、これほどの痛みを感じるのは生まれてはじめてだ。

紙人形同然のデリラを凝視する。

いびつなダイヤモンドのように周囲の床に散らばっているガラスの破片を見やった。

床に散らばっている。

木の床に。

紙は持っていないが、これならある。

血に染まった手のひらを床に押しあて、自分の耳にさえ聞き取れないほど低くつぶやく。「大地によって作られし物質よ、扱い手が汝を呼ぶ。汝を通じ結びつくがゆえにわれと分離すべし、まさにこの日に」

同じ手を自分に押しつけてすすり泣くように言う。「人によって作られし物質よ、汝を呼ぶ。われが汝と結びつくがごとくわれと結びつくべし、まさにこの日に」

肘をついて体を起こす。心はどこか遠く、傷の焼けつくような苦痛からはるかに隔ったところにあった。大きなガラスのかけらに腕をのばし、両手でつかむ。鋭いへりが指に食い込んだ。

グラスがアヴィオスキー師の前で立ち止まり、ブラウスを引きあけると、ナイフを使って下着を切り裂き、胸をあらわにする。その心臓を。

「人によって作られし物質よ」シオニーは言った。声に出すというより頭の中でつぶやいた気がした。「作り手が汝を呼ぶ。われが汝と結びつくがごとくわれと生涯結びつくべし、わが命つきて大地に還るその日まで」

ガラスにふれた指がうずいた。デリラのガラス。うまくいったのだ。

グラスが手をひっこめた。

シオニーの視線が鏡のあいだを行き来した。グラスの頭のすぐ横にある円鏡に自分の血まみれの肩が見える。壁にかかった骨董の鏡を映しているのだ。

ビストロで向かい側に座っていたデリラを思い出す。化粧用の手鏡でやってのけたいたずらに笑っていた顔。ほがらかで元気いっぱいで、あんなにいきいきとしていた。その術について説明してくれた内容がよみがえった。

すでにふれている骨董の鏡をふりかえり、「映し出せ」とささやく。最初に見たときのライラに思いを集中した。エメリーの家の食堂にいる美女、みごとな曲線にはりついた黒い服、ルビー色の唇のゆがんだ微笑。チョコレート色の巻き毛と、その髪が顔をふちどって肩にこぼれおちている様子を想像する。瞳の暗いきらめきとベルトにさがった血の小瓶を思い描く。

案の定、骨董の鏡はライラの姿を完璧に再現し、続いて円鏡がその顔を映した。

グラスが気づいた。ライラの映像を目の隅で捉えて、ためらう。すぐ後ろに立っていると思ったのか、くるりとふりむいた。もとに戻ったと期待したのかもしれない。

背中がこちらを向く。

シオニーは苦痛にうめきながら床を押して立ちあがった。グラスに体当たりし、手にしたガラスのかけらをその背中に突き刺す。ちょうど胸郭の真下に。

「砕けよ！」と叫んだ。

ガラスは手の中で砕け、グラスの皮膚の下で何十もの破片に割れた。

グラスは息をつまらせた。シオニーの髪をつかんで体から振り払う。また床にぶつかったシオニーは、すでに血に濡れた腕を飛び散ったガラスで引き裂かれ、金切り声をあげた。

グラスはアヴィオスキー師に突っ込み、体をつかんで支えにしようとしたものの、がくりと膝が崩れた。デリラの足もとに倒れ込む。体内のガラスがあまりにも深く、あまりにもすみやかに食い込んだのだ。グラスは前もって治癒の術を用意していなかった。

視界をよぎる影が広がり、部屋から色を吸い取った。自分の血は灰色に見えた。まるでとけかかった雲が肌になすりつけられたかのように。

シオニーはいちばん近い鏡に這い寄った。砂に覆われたテーブルのすぐ脇に置いてある。低い声を洩らしながら指をふれ、自分の映像に赤い跡を残した。

助け。助けがいる……朦朧《もうろう》とした頭に、デリラがアパートの割れた鏡に使った術の記憶が浮かびあがった。音より空気に近い声で命じる。「置き換えよ」

シオニーの顔が消え失せ、かわりに白い家具と凝った装飾の花瓶でいっぱいの明るい部屋が映った。灰色の猫がソファに座って片方の前足をなめている。みがきあげた手すりが奥の階段を示していた。誰かの居間だ。

視野が真っ暗になり、シオニーは手と顔を床に落とした。ヒューズ師が自分の名を呼ぶ声がたしかに聞こえた気がした。

第二十章

エメリー

エメリーのかたわらの窓をロンドンが勢いよく通りすぎていった。中心街が住宅地へと規模を縮めるにつれ、都市建築の建物や塔が小さくなっていく。列車がシュッシュッと音をたてて南へ進むと、共同住宅は徐々に家々に変わり、どんどん間隔があきはじめた。エメリーは起伏する農地や藪《やぶ》、まばらな木立がぼやけた緑となって流れ去るさまをながめ、玻璃師製のガラスと見まがうほど静かな水路を見つめた。家からいっそう離れて敵に近づいているのに、周囲にあふれる色彩も、距離が離れていくことも認識できなかった。心の奥では幻影や鎖やきっちりした折り目を組み合わせている。心の前面では〝シオニー〟と考えていた。

この前女性にキスしてからどのぐらいたつだろう？　頭の中でのろのろと計算する。

三年？　別居のあと、離婚の前だ。考えたくない記憶だった。

エメリーは車両の窓に肘をついた。シオニー。一月前には、相手が魔術師の資格をとったら交際を申し込もうかという考えをもてあそんでいた。ふたりとも新しい環境で落ちついたら。シオニーが新進の折り師としての生活になじみ、自分が次にパトリスから押しつけられた気の毒なのろまと暮らすことに慣れたら。シオニーはきっと最短の二年の実習で折り術の試験に合格するだろう。頭脳明晰で勉強熱心であることは証明済みだ。あの並外れた記憶力にはいまだに驚嘆している。

しかし、この数週間で、それだけの時間――二年間――がどんどん長く思われてきた。カレンダーの空白が大きくなり、時計の針の動きが緩慢になった。ひとりの人間にあれほど心をさらけだしたことは、たとえ自分の選択ではなかったにしろ、ふたりのあいだのなにかを変えた。ほんの数日のうちに、本来なら何年もかかって築くような深く心地よい絆ができたのだ。シオニーの快活さと熱意と美しさに惹きつけられ、どれだけ自分に言い聞かせても、その絆を無視するのがずっと難しくなっていた。

それにあの料理。まったく、あの娘がふれたものはすべて口の中で黄金に変わる。このままでは一年たたないうちにラングストンより太るに違いない。

唇に微笑が浮かぶ。ひとりで暮らすことには慣れてきていた。ジョントだけを相手にしてあの家で過ごした二年間で、淋しいと思ったことはない。あとから考えてみると別だが。よほどの幸運か——ありえないが——前世の報《むく》いがシオニーを人生にもたらし、暗くなったことにも気づいていなかった家を照らしてくれたのかもしれない。シオニーがはるばる海岸まで切除師を追いかけ、この命を救おうとするなどというばかげた行動に走らなければ、その光を見ることはなかっただろう。あのころシオニーは、ろくにエメリーのことを知ってもいなかった。いまはなにもかも知っている。

ほぼなにもかも。

エメリーは飛ぶように窓を流れていく風景にふたたび注意を向けた。もうケータラムを過ぎただろうか？　ようやく時間がこちらに追いつこうと決めたのかもしれない。いちばん必要なときにたちまち過ぎ去ってしまうことがないように、と願うしかなかった。茶色いスーツの男がななめ向かいの席に座っている。エメリーはその存在を無視した。

サラージに直接会ったのはこれまでに一度だけだ。ライラが良心を捨て、グラスや、その当時あの切除師——いや、玻璃師——に惹きつけられていた連中と一緒に逃げ出したた少しあとだった。サラージという男は心がねじけきった害虫で、世界最悪の犯罪者より異常な性格だ。数えきれないほどの人々を遊びで殺し、女を乱暴して、その行為を自分の追っ手に自慢するような男。社会の外に立ち、鋭い槍でその中をひっかきまわすような男。

エメリーの知るかぎり、グラスはサラージと手を組める——そして場合によっては制御できる——唯一の人間だった。ヒューズがグラスの捕縛に成功したら、サラージが次になにをしてどこへ行くか誰にもわからない。あと一歩でもシオニーに近づくかもしれないと考えただけで頭に血が上り、指がうずいて胃がむかむかした。だからこうして最後の努力をすることに同意したのだ。サラージが手に負えなくなる前に捕えるための慎重な試みに。切除師のたががが外れたらどこまで荒れ狂うのだろうか。

結果を知るつもりはなかった。列車は目的地へ向かっている。サラージの最後の抵抗になることを期待している場所へ。あの男を牢屋にぶちこみ、こちらは生き残ってみせる。そうしなければ。

ようやく家に帰りたいと思える相手を見つけたのだから。

列車がブライトンに到着したのは正午近くだった。エメリーはロッティングディーンまで車を雇い、そこからソルトディーンへ海岸沿いに歩いていった。

ソルトディーンはかつて密輸で知られていた。塩がこびりついた高い崖と、人に知られることなく無認可の船を泊めやすい隠れた入り江のおかげだ。空気に塩の味はしたが、海を感じている気はしなかった。エメリーにとっては血の味に似すぎていたからだ。海岸を離れたイギリス海峡のずっと先に、フランスからやってくる嵐が見えた。今日のうちに到達するだろうか。術を配置する場所に注意する必要がありそうだ。ほかの連中は明日までこないとヒューズが言っていた。

エメリーは旅行鞄を持ったままソルトディーンを歩きまわり、崖を調べた。町へ入り、まばらな建物と散らばった家々をながめる。どこか大きくて人の住んでいない建物を見つけなければならない。こういう町ならその条件を満たすのは難しくないはずだ。町の北側は避けたかった。一般の人々がいくらか利益を出しはじめている地域だからだ。

中規模の三階建ての工場を見つける。嵐にさらされて古びてはいるが、まだ損傷がなくまともな状態だった。においからすると靴工場だったらしいが、中身の大部分はすでに持ち出されている。ここでいいだろう。

エメリーはロッティングディーンに徒歩で戻りはじめた。山ほど紙を買わなければならない。

眠れるときと眠れないときを自由に選べることが多い親切な不眠症のおかげで、エメリーはろくに寝なかった。ほぼ一晩じゅう大小の紙を丹念に折って過ごした。自分用と工場での決戦の準備、両方の分だ。たこのできた指で、四つのかどがある手裏剣や防御の鎖の輪、捕縛の鎖など、思いつくものはなんでも作っていく。工場のほうは……ジュリエットが担当している部分をなんとか維持し、うまくサラージをソルトディーンに追い込んでくれることを願うしかない。それができなければすべては無駄に終わる。

朝になると、工場の近くにあるぼろぼろの釣り道具店の脇の裏通りに行った。そこを集合場所として指定してあったのだ。九時過ぎにカントレル師と警官数人を乗せた二台の自動車が止まった。精錬師のジュリエットはエメリーと同じ年ごろで、二年前、ノッティンガムの警視として短期間ながら成功をおさめたあと、刑事省に加わった。魅力的な長身の女性で、軍隊式に大股で歩き、常に肩をいからせている。パトリスと同様にきっちりとまとめた黒髪が四角い顎を強調していた。警官が四人付き添っており、歩き方と姿勢で軍隊の経歴を持つことをほのめかしている。

「元気そうだと言いたいが、エメリー」近づいてきたジュリエットは背中で手を組んで言った。「あいにくそうは見えないな。よく眠れなかったのか？　光のせいかもしれないが」

どんよりとたれこめた空を見あげる。

エメリーはわざわざ世間話を始めたりしなかった。ジュリエットのことはそれなりに気に入っているが、よけいな会話は呼吸の無駄遣いという気がする。「あいつはくるか?」

「すべて予定通りに進んでいるようだ」相手は答えて道を進んでいった。警官たちが自動車でのろのろとついていく。「手早く用意して準備万端にしておく必要がある。サラージ・プレンディは几帳面なたちではないからな」

「準備はした。この先の古い靴工場だ」エメリーは示した。コートの——灰緑色のだ——内側から防御の鎖を引き出してさしだす。

ジュリエットは首をふって片手をあげた。自動車が背後で止まる。「ありがとう、だが必要ない」と言い、車のトランクのほうへまわっていく。エメリーはそのあとについていった。ジュリエットは掛け金を外し、厚い段ボール箱から鋼で鋳造した幅広い輪の鎖をひっぱりだした。「これをつけたまえ」と言う。「濡れてもぼろぼろにならない」

エメリーは文句を言わず、うなずいただけで新しい防御の鎖を精錬師から受け取った。紙の同類よりはるかに重かったが、ジュリエットの言う通りだ——このほうがずっと丈夫だ。防衛の術において折り術には限界がある。攻撃の術においてもだ。だが、どの物質にも強みと弱みがある。九年前に完了した実習のあいだにその真実を理解していた。

「ほかの連中はブライトンに詰めている」ジュリエットは言い、上着のポケットを探って住所を見つけ出した。「よかったら鳥を送ってやってくれ。サラージが到着したときに警告できるのはあいつらだけだ」

エメリーは住所を受け取り、ジュリエットは車の後ろから灰色の軽いカード用紙をとりだした。陰鬱な空にとけこませるにはうってつけだ。エメリーは注意深く紙を折って頑丈な鳴き鳥を作り、本物の鳥と同様、放されたら戻ってくるようにと指示を与えた。

「ジュリエット」

「ふむ？」

エメリーは手のひらで鳴き鳥の重さを量った。「小屋は見つかったか？　ライラは？」

精錬師は眉をひそめた。「アルフレッドが言うには、地元警察が小屋を発見し、壊れた鏡まで見つけたが、ライラは見つかっていないそうだ。まだな」

その言葉は気になったものの、予想とは違う形だった。おなじみの胸を衝かれる感覚やかすかな懸念は湧いてこない。虻《アブ》に刺されたような感じだ。さっと払いのける――いまはライラのことなど気にしている場合ではない。

「息吹け」小声で鳴き鳥に告げると、手の中で小さな生き物が目覚めた。任務をささやくと、鳥は手から舞いあがり、西向きの風に乗ってブライトンへ向かった。

ジュリエットが溜め息をつく。「雨が降らないといいが」

「降らないだろう」と応じる。「まだ」

相手は鼻であしらった。「そこまで確信が持てるのか？」

「折り師ならいつでも」と答えて自動車から向き直る。「工場に案内させてくれ。それからきみの部下を配置しよう」


紙の鳥が帰ってきた瞬間、時の流れが速まった。

エメリーに同調しているため、鳥はジュリエットとひそんでいた釣り道具店の陰で主人を見つけ出した。皺になった翼をはためかせて手のひらにおりる。風にさらされて少し傷んでいるようだったが、まだ動いてはいた。

「停止せよ」エメリーは命じ、鳥を裏返した。右の翼の下にちっぽけなインクの文字で短い伝言が記されている。


追跡を実施、ソルトディーンに向かう。Sは血が不足している可能性あり。瞬間移動できず

サラージ・プレンディはまっすぐこちらへ向かっている。

エメリーが鳥を渡すと、ジュリエットは唇をきゅっと引き結んだ。「部下にできなくともわたしの地雷がここに追い込む。海岸へ出る道もこれ以上内陸へ入り込む道も、脱出口は全部ふさいだ。あいつの血を感知したときだけ爆発するように仕掛けてある。そのあとは……きみの計略が間違いなく成功するといいが、エメリー・セイン」

「失敗するなら」と返事をする。「私がまぬけだったということだ」

サラージが現れるまでに時間はかからなかった——紙の鳥が移動する速度は人間よりそれほど速くない。ソルトディーンのひっそりとよどんだ空気に銃声がこだました。サラージの銃ではなく、追っ手の持っている武器だ。殺そうとしているのかもしれないし、威嚇射撃かもしれない。

爆発音が続いた。土砂が釣り道具店にはねかえる音が聞こえるほど近い——ジュリエットの地雷のひとつだ。サラージを海岸から遠ざけて工場へ追い込んでいる。

ジュリエットは目を細めたまま意外にもほほえんだ。「では現場で」と言い残し、釣り道具店の裏から駆け出す。上着からファージング硬貨ぐらいの銅の円盤をいくつかひっぱりだすと、「狙え！」という命令とともに投げ出した。円盤は空中で激しく回転し、ぶんぶんうなりをあげて前に飛び出した。ジュリエットはそのあとを追った。

エメリーは八数えてから反対側に走り、丘をまわって工場をめざした。一陣の風が髪を目に吹きつけてくる。風が途絶える寸前、濃い赤の煙が湧き起こった。

よろめいて止まると、靴が斜面で横すべりした。十フィートと離れていない目の前にサラージ・プレンディが立ち、白すぎる歯を見せて笑っている。なるほど、実のところ瞬間移動するだけの血は持っていたらしい。

サラージはしなやかな体つきをした三十代後半の男だった。あるいはもっと年上なのかもしれない。浅黒い肌には通常なら老化のしるしと判断する兆候が隠れていたからだ。立った姿はエメリーより三インチ高く、肩幅がせまくて腕は細く長い。縦長の頭は顎が鋭く尖っており、ゆたかな巻き毛が両耳の上に野暮ったく広がっていた。陽射しがないにもかかわらず、耳たぶにはまった金のスタッドピアスがちらちらと光った。革紐で締めるイングランド風の作業着を身につけている。ライラと同様、ベルトに冷たい血の小瓶を装備していた。いくつかはからだ。あの小瓶を満たすためにいったい誰が死んだのだろう。

「エメリー・セイン」サラージは予想より高いなめらかな声で言った。「いちばん体力のある時期なのに、僕のほうが動きが速いとは。おもしろいな。きみと会ってみたいものだと思っていたよ。いつも僕が気に入った獲物を追いかける邪魔をしてくれるからね」

エメリーは切除師から目を離さないよう気をつけ、わざとらしく一礼した。「最初のダンスを申し込むべきところだが、知りたいことがある。なぜ紙工場を？　なぜこんな真似をする？　グラスはシオニーを生かしておきたがった。ではおまえのたくらみはなんだ？」

サラージはにやりとした。「退屈な遊びだ、カガズ」ヒンディー語で紙を示す単語を使って言う。「きみの昔の女が冷たくなって以来、グラスはまさに――なんと言ったかな？　犬。野良犬だった。戸口や骨を嗅ぎまわってね。僕は行ってしまいたかったのに、あの赤毛ちゃんがグラスをイングランドに引き留めていては、そうはできないだろう？」

エメリーの手がコートの右ポケットを探り、折った手裏剣を一握りつかむと、サラージに向かって大きくばらまいた。切除師は身をかわしたが、その前にふたりのあいだに銃声が響いた。サラージのむきだしの肩に幅の広い傷が口をひらく。

ジュリエットと警官がひとり丘から駆けおりてきて、サラージの黒い瞳に影が躍った。警官のほうは銃に弾をこめなおしている。サラージはエメリーににやりと笑いかけてとびすさり、すでにひびが入っていた窓を割って工場に逃げ込んだ。

「絶対に逃がすな」ジュリエットは息を切らして制服姿の連れに命じた。「おまえとスミスは裏口に行け」それから声をあげる。「残りはこっちへ！」

脈が激しくなり、病的な昂奮に包まれたエメリーは、ジュリエットを追って全力で走った。コートがケープさながらに後ろへ広がる。胴に巻いた鎖が細長い鈴のように鳴り、多少は心強かった。とはいえ、いまこそいちばん警戒が必要なときだ。

ほかの人々に続いて正面のドアを抜け、きっちり錠をおろす。捕縛されないかぎりサラージがこの建物を生きて出ることはない。イングランドがまたひとり折り師を失ったらどうなるか、考えたくもなかった。実際、こういうことをするのに料金を請求しはじめるべきかもしれない。

サラージは遠くには行っていなかった。天井の高い広々とした室内の向こう側に立っている。色ガラスの窓がついていて、いくつかは欠けたり割れたりしていた。工場の中身を持ち去ったときに残されたらしく、まがった歯車や電線の切れ端が床に散らばっている。壁際には木の空き箱と古い樽が並んでいた。部屋にはエメリーの背後のドア以外にふたつ出口があり、どちらもサラージに近い。一方はつきあたりに階段のある長い廊下に出る。もう一方は戸口がふたつあるもっとせまい部屋につながっていた。外に通じる右手の戸口は、ジュリエットがはんだづけして封鎖してある。二番目の戸口をあけると、倉庫と備品室に通じる廊下があった。

サラージが最初の出口、左側のドアを選べば、最終的に追いつめられることになる。右側を選べば……エメリーは右を選んでくれと祈った。

だが、サラージは逃げなかった。脚を大きくひらいて立ち、すでに真紅に染まった片手の上で血の小瓶をごろごろ転がしている。もう一方の手は、腰につけた金色のピストルのあたりを探っていた。

ジュリエットが先に動き、手をふって叫んだ。「引きつけよ！」

胴に巻いた鎖がジュリエットに引き寄せられたかのように動いたが、その術はエメリーに向けられたものではなかった。サラージのピストルが磁気を帯びたかのようにホルスターからはねあがり——いや、実際磁化したのだ——本人がひったくり返す前に、手の届かない位置へ飛んでいった。ジュリエットと一緒に部屋に入った三人の警官のあいだを抜け、精錬師が腰に巻きつけた金属のベルトにぴたっとくっつく。ふたたび金属と金属がぶつかる音がして、やはりジュリエットのベルトに飛んでいった小さなナイフがエメリーの目を引いた。それがサラージの体から離れるところさえ見ていなかった。

残念ながら、血の小瓶——切除師の最強の武器——はガラス製だ。

ジュリエットが自分の銃を引き抜いた。シオニーがうらやましがって溜め息をつきそうな、象牙の握りのしゃれたリボルバーだ。「こちらの銃器にはすべて魔法がかかっている、プレンディ」と必要以上に大きく言う。その声は威厳をもって響き渡った。「的は外さない。ただちに降伏しろ」

　サラージは微笑しただけだった。小瓶の栓を抜いたところは見えなかったが、ひらひらと手をふりまわす。ライラが戦うときに好んで使う軽やかな動きだ。

　ジュリエットの胴を取り巻く鎖がきつくなった。まとめた髪から風にさらわれたようにほつれ毛が一筋なびいたが、それ以外は無傷だった。

「実に器用だな」サラージが軽いなまりのある話し方で言った。「遊び甲斐があることを期待していたよ」

「撃て！」ジュリエットがどなる。

　サラージはさっと右側へ動いたが、出口をめざしたわけではなかった。広い部屋に銃声がとどろく。サラージの小瓶から血しぶきが舞って床に小さな血溜まりをいくつか作った。その血が根の生えた亡霊のように立ちあがってくる。弾丸はサラージを外して向きを変え、そちらを狙った。

　つまり、自分の血を使ったのだ。魔法の弾丸には違いがわからないだろう。頭がいい。警官たちが発砲したとき、サラージは部屋をまわってこちらに向かってきた――入ってきた窓にあまりにも近い。エメリーは立ち向かおうと突進し、コートから閃光星をひっぱりだした——精巧な風車の頭部のように折った紙だ。正面に投げて叫ぶ。「光れ！」

白くまばゆい光が星の中心から脈打つように広がった。投げた本人のエメリーさえ、瞼の裏に黒い斑点が散ったほどだ。サラージはよろけてせわしくまばたきした。たちまち体勢を立て直してとびかかってくる。防御の鎖がエメリーの胸を締めつけた。それからサラージはまた動いたが、今度は横に転がり、壁際の樽のうちふたつを両手でそれぞれ突き飛ばした。ひとつめはジュリエットにぶつかる。ふたつめは全速力で走る自動車なみの勢いでエメリーに激突した。

衝撃で肺から空気が押し出され、あばらに鋭い痛みが走る。足が床を離れてエメリーは後ろ向きにふっとび、工場の壁に肩から叩きつけられた。

ぴしっという音が聞こえ、床に落ちる。直後に苦痛がはじけた。

ようやく肺に空気が入ってきて、エメリーはあえいだ。燃えるような激痛が襟もとから首の右側へと駆け上り、ずきずきと容赦なく脈打ちながら螺旋状に右腕をつらぬいていった。圧迫を少しでもやわらげようと左肩を下にして転がる。鎖骨が気の毒な角度に突き出ていたが、皮膚は破れていなかった。ありがたい——サラージに血の汚れを残したら、肌にふれさせたも同然だ。

頭をふり、左腕で体をまっすぐに起こす。折れた部分がずれたので歯を食いしばった。ジュリエットも床から起きあがっていた。さいわい、ふたりが動けずにいるあいだ、警官たちが精力的に活動してくれていた。ふたりが血のクローンをだしぬいて弾を命中させ、サラージの腰の右側と右の胸筋からは血がどくどく流れ出している。切除師は胸の傷を片手で押さえ、低い声で呪文を唱えていた。腕をおろしたときには穴は影も形もなかった。治癒の術、それもみごとなタイミングだ。

ほかの警官たちがピストルに弾を装填しなおす前に、サラージは手近な警官に襲いかかって首をつかみ、体の向きを変えて楯にした。

いや、違った。皆がなにもできずに見守るなか、その男の首の骨を折り、床にほうりだしたのだ。

サラージはジュリエットに突進し、ポケットから血の小瓶ではなく歯をとりだした。

エメリーは膝立ちになり、コートから捕縛の鎖を引き出すと、「捕縛せよ！」という命令とともに一閃させた。鎖の端がサラージのくるぶしをからめとったのは、相手が精錬師にたどりついた――さわった――刹那だった。黄色い魔法の歯がジュリエットの脇をかすめて飛び、ちっぽけな弾丸のように反対側の壁にめりこむ。

エメリーははねおき――襟首に刺すような痛みが走り抜ける――ぐいっと腕を引いた。サラージは片膝をついたものの、脚を強く蹴って鎖をひきちぎった。術が力を失って床に落ちる。

ジュリエットが銃に弾をこめおわったとき、サラージはひらりと後ろにさがった。残るふたりの警官の片方に別の樽をぶつける。その警官は向かいの壁にぶつかって崩れ落ち、動かなくなった。

エメリーが破裂の術に手をのばすと同時に、サラージが呪文を唱えながら首の折れた男のほうへ戻っていった。胸に手を突っ込み、心臓をひきずりだす。

エメリーは走り出て叫んだ。「あれを使わせるな！」

ジュリエットが狙いを切り替えて発砲し、もぎとられた心臓の真ん中に弾丸を撃ち込んでめちゃめちゃにした。サラージは悪態をついて心臓を落とした。弾は手のひらに食い込んでおり、切除師の血と倒れた警官の血がまじりあっている。

サラージは無事なほうの手をずらりと腰にさげた小瓶の口もとに走らせ、栓を数えた。攻撃手段がつきかけているのだ――誰もが知っていた――だが、ジュリエットの指が引き金にかかっていては、警官の死体から血を回収してくる暇などない。サラージは笑い声をあげた。甲高い凶暴な響きだった。短く言葉を発すると、死んだ男の体内の血が沸き立ちはじめ、つんと鼻をつくにおいの蒸気が室内にたちこめた。サラージはぱっとあとずさり、ジュリエットが銃を発射した瞬間、右の出口をくぐった。弾丸はぎりぎりで外れ、壁に埋まった。標的を撃ち抜く術がかかっている弾丸だが、かどをまがることはできないのだ。

最後の警官が両手で銃を持ってサラージを追い、ジュリエットがすぐあとに続いた。エメリーは右腕を左手で支えて追いかけた。飛べと体に呼びかけ、鎖骨をきしませる灼熱の痛みに耐えて歯を食いしばる。息を止めて赤い蒸気を通り抜けたときには目がひりひりした。

外への戸口がある小さいほうの部屋を走り抜け、壁に血まみれの手形がついているのに目をとめる。廊下のつきあたりで、サラージを倉庫に追い込んでいるジュリエットに追いついた。

床に敷いた長い紙には赤い斑点が散らばり、靴の皺がついていたが、まだ術は効くはずだ。エメリーはその上に駆け込むと、身振りで上を示してひとこと命じた。「接続せよ」

ジュリエットと警官がふたりとも、血の小瓶を手にしてまだけたたましく笑っているサラージに銃を向けた。

「どんな壁も僕をとどめることはできないと知るべきだな」上機嫌で言う。「次はこっちの盤上で遊ぼうじゃないか」

小瓶を下に投げつけ、冷たい中身を床に撒き散らす。サラージが失望を味わったのはほんの一瞬あとだった。瞬間移動しようとしたが、血がその命令を聞かなかったのだ。

目をみひらいて窓にとびつき、殴りつけたものの、むなしく血だらけのげんこつをひっこめることになった。その窓はガラスではなかったからだ。幻影としてしか存在していない。サラージのこぶしが打ったのは部屋のセメントの壁だった――その壁の前には紙の幻影が立ちはだかっている。エメリーがたったいま背後で封じた巨大な目隠し箱の内側を偽装している幻影が。

ここではサラージの魔術は効かないが、銃なら有効なはずだ。

「手をあげろ、さもないと二本とも吹き飛ばすぞ」ジュリエットが吐き捨てた。

サラージはにやにやした。リボルバーが発射される音にエメリーははっとした。ジュリエットがサラージのふくらはぎを撃ったのだ。

切除師は痛みに動じていない様子で両手をあげ、膝をついた。「いい勝負だった」とぜいぜい息をつく。警官が手錠を持って近づくと、呪文を唱えはじめた。いや、呪文ではなく歌だ。歌詞が聞き分けられた。

鷲を出たり入ったり
そうやってお金が出てく
ぴょん！　イタチがはねた……（英国の有名な子守り唄）

後ろにある支えのない紙の壁にもたれたくなかったので、エメリーはうずくまり、右肘を手で押さえた。目隠し箱のことを考えると、状況にふさわしい歌だ。

「ほかのみんなを呼んでこい」ジュリエットが警官に言った。「こいつをロンドンへしょっぴく」

第二十一章

暗闇が動いた。

影のどこかでぼんやりした話し声が水のように流れている。その声と一緒に浮かんだり沈んだりしながら漂っていく。体が重くて沈んでしまうのではないかとこわかった。また動くと、声が大きくなった。それとも、もっとたくさん聞こえるだけかもしれない。遠い嵐のように渦巻く複数の声。

がくんと動き、一瞬体がすっと軽くなった。それから硬いものにぶつかる。

黒い水のどこかで無数の蛭《ヒル》が皮膚にもぐりこみ、血を吸ってうごめいている。苦痛が皮膚をつらぬいた。

息をのむ。

「いますぐあの男を連れてこい！」男の声がどなった。「血なんかいるか、この子は体じゅう血まみれだ！」

冷たい金属質のものがシオニーの肌にふれ、胴体を端から端まですべっていった。全身に悪寒が走る。

「きました！」女の声が叫んだ。

影のどこかで、男が聞き覚えのない古い言葉をぶつぶつと唱えている。肌に熱を感じた。この熱は知っている。

呪文が途切れた。「ガラスを出しなさい、さもないと術が効かない」ほかの声より冷静な声が告げる。

波がぶつかってきてシオニーを闇の中で回転させた。ぐるぐる転がされる。皮膚から蛭が一匹はがれた。また一匹。呪文が再開し、熱も戻ってきた。ファウルネス島で感じた熱。

ぼやけた光が影とまじりあう。砕けた日の出。

切除師。

（いや！）心が悲鳴をあげたが、唇は動かず、目もあかなかった。

蛭がはがれおち、燃えつきる。シオニーは水底に引き込まれ、やがて話し声も薄れていった。

瞼をあげると、光がともっていない電球の輪がこちらを見おろしていた。フィラメントの瞳孔を持つガラスの目玉のようだ。まばたきして視野の焦点を合わせる。電球は真鍮《しんちゅう》の渦巻から突き出ており、その渦巻が互いに組み合わさって、灰色の厚板でできた天井に逆さまの花束を埋め込んだように見える――見たことのない天井だった。

またゆっくりと目をしばたたく。瞼が重かった。全身が木を彫ったように重たく感じられる。からからになった口の中でひからびた舌を動かすと、ざらついてすっぱい味がした。頭が痛い――おだやかで鈍い痛みが脳の奥で脈打っている。

胸までひきあげられたオリーヴ色の毛布を見おろす。その上に腕が平行にのびている。札のついた紐が左手首にぶらさがっていた。ながめているうちに焦点が合い、自分の名前が読めた。トウィル、シオニー。みじろぎすると、なじみのない布地が体を包んでいる感触があった。頭の下の分厚い枕を支えに首をまげ、なにを着ているのか見ようとする――白いリンネルの服、あるいはローブのようなものが顎近くまで体を覆っていた。

右側に視線を向け、誰もいない病院のベッドの列をじっと見た。白くて平らで、両脇に幼児用ベッドのような柵がついていた。ドアの近くの隅には旗竿に掲げたイングランドの国旗が置いてある。病院。ここは病院だ。

左側を見ると、広い大部屋のほかの部分は移動式カーテンで視界からさえぎられていた。ベッドの隣にはクッションのないありふれた木の椅子がある。半分ほど読んだ『二都物語』の本がひらいたまま裏返しに置いてあった。

腕を持ちあげ、その重さに驚きながら目をこする。それからひっこめて手を観察した。

思い出したのはそのときだった。

家。グラス。窓、鏡。血、ガラス。アヴィオスキー師。デリラ。

せまいマットレスの両側をつかんで起きあがろうとしたが、病院の部屋がぐるぐるまわり、からっぽの胃が逆流しそうになった。またベッドの上に倒れると、枠を作っている金属の棒がぎしぎし鳴った。

もう一度手をあげてつくづく見る。肉に埋まったガラスのかけらを、肌を損なっていた切り傷の模様を思い出す。心の目にはまだそのまま映っていたが、手には包帯も傷痕もなかった。もう片方の手を持ちあげると、ガラスの破片を突き刺したときどんなふうに指に食い込んだかよみがえったが、やはり無傷だった。

夢？　だが、あれほど鮮明で現実的だったのに。それに、なぜ病院にいるのだろう。

もっと言えば、どうして生きている？

首の後ろをつついて——髪の毛はゆるく束ねてあった——打ち身や傷痕はないかと探ったが、ふれた皮膚はなめらかだった。あざのできた頬を押しても痛みはなく、自分の指先の感触だけだ。

「シオニー」

顔をあげると、駅で着ていたのと同じ服装のエメリーがカーテンをまわって入ってきたところだった。その姿を見て胸が高鳴り、それから肩から右腕をつるしている包帯に気づいてどきっとした。

「怪我をしてるわ」と言ったが、その台詞はしわがれた声になった。

エメリーがカーテンの向こうに消え、水を頼んでいるのが聞こえた。しばらくして白衣の看護師がカーテンをまわってきた。水差しとコップを持っており、ベッドの脇の小さなテーブルに置く。コップに途中まで水をそそぎ、飲めるようにシオニーが頭をあげるのを手伝ってくれた。

水は喉をひんやりと流れ落ち、腕と脚がぞくぞくしたものの、シオニーは一息で飲み干した。看護師はもうちょっとコップに水を入れてくれ、もっと少しずつすするようにと勧めた。

シオニーは飲み終えて咳き込んだ。看護師が額に片手をあててくる。「大丈夫そうね」と言う。「でも、先生に診てもらいましょう。気分はどう？」

シオニーは看護師からエメリーへと視線を移した。「気分？」と繰り返す。

「すまないが」エメリーが言った。「たったいま目を覚ましたばかりなんだ。少し話をさせてくれないか」

看護師はうなずき、水差しとコップを置いて立ち去った。

エメリーはコップに水をつぎたすと、小説を床に移動して椅子に腰をおろした。シオニーの手をとる――三角巾で胸もとにつっていないほうの手で。その肌のぬくもりが皮膚をくすぐった。

シオニーはいくらか体を起こしたが、座るというにはほど遠かった。「その腕」と言う。「でも、無事なのね」

エメリーはほほえみかけてきた。瞳が輝き、わずかに唇もほころんだ本物の笑顔だ。

「実際は鎖骨だ」と訂正する。「だが、あと七週間で治るはずだ」

「七週間？」シオニーはおうむ返しに言った。頭に鋭い痛みが走って顔をしかめる。

エメリーが手を握りしめた。「痛むか？」

「大丈夫よ、わたし……どのぐらいここにいるの？」

「ヒューズ師が九日前に運び込んだ」エメリーは答えた。「私がきてからはまだ二日だ」

「九日？」シオニーは繰り返した。

エメリーはうなずいた。「きみに使われた術はひどく体力を消耗する。だから自然に目覚めさせたほうがよかった」

呼吸が速くなり、恐怖に襲われかけるのを感じた。なにか思い出したが、つかもうとすればするほど、川底の泥のように指をすりぬけていってしまう。

エメリーが身を乗り出して髪をなでてくれた。「しっ、きみは安全だ。そして元気だ。ふたりとも。休んだほうがいい」

「九日間休んでたのに！」と叫んだものの、言葉を切って深くゆっくりと息を吸い、落ちつこうとつとめた。「なんの術？」

エメリーは眉をひそめた。「内閣は公表したがらないが、すべての切除術が違法なわけではない。きみのような場合に備えて内閣に雇われている者が何人かいる」

肌が冷たくなった。「切除師が……わたしになにかしたの？」（その人はわたしを治療するために誰を殺したの？）デリラが椅子に縛られている光景が脳裏いっぱいに広がる。

鳥肌が立った。胸がむかむかする。

「ああ、切除師がきみを治療した」エメリーは答え、眉間の皺を消した。今度は奥を見通せない瞳ではなく、気遣いに満ちていた。「私はここにいなかった。すまない。きみを守ろうとして離れたのに、実はそれこそもっとも避けるべき行動だったようだ」

首をふると、その動作で頭蓋骨がずきずきした。「デリラ。アヴィオスキー先生。グラス――」

エメリーはシオニーの手の甲に親指を走らせた。「グラスは死んで、すでに火葬された。デリラは……」

ふたたび口が干上がった。「無事……無事なの？」

エメリーは目を伏せた。「すまない、シオニー」

唇の内側をかんでも涙をこらえることはできなかった。エメリーがシオニーの指の節を――傷のない指の節を――口もとに持っていったが、なにも言わなかった。シオニーはもう一方の手の袖を口に押しつけてむせび泣きを押し殺すと、枕に身を沈めて天井を見つめ、デリラの最期を頭の中で再生するまいとした。

中等学校でのいちばんの親友で、自殺したアニス・ハッターのことを思い出させられた。間に合うよう行ってさえいれば、アニスはまだ生きていただろう。ただ、今回のほうがさらにシオニーの責任は大きい。その場にいたのに……。

医師がやってきて心音を聴いているあいだ、エメリーは一歩さがっていた。医師はシオニーの涙には触れなかった。父親らしい口調で質問を投げかけてくる――どんな気分か、頭が痛むか、痛いところはあるか——それに対してシオニーはうなずいただけだった。一時間後には退院できると言い残して医師は去り、人目をさえぎるためにカーテンを引いていった。

エメリーが椅子に戻ってきた。ふたりは長いあいだ黙っていた。

頰の涙が乾いたあとシオニーはたずねた。「アヴィオスキー先生は？」

「生きていて元気だ、きみのおかげで」エメリーは答えた。「私が到着して以来、日に二回きみの様子を確認しにきている」

シオニーは深く息を吸い込み、せめてひとりはかろうじて救えたことをありがたく思った。「うちの家族は？」

「家に戻って、このまま引っ越す準備をしている。きみのご両親は今朝見舞いにきた。退院したら電話をかけたほうがいい」言葉を切る。「そのほうがよければ私が電話するが」

「みんな無事なの？」と問いかけ、目を観察して相手の内心を探った。「サラージは？」

「サラージは収監された」エメリーは言った。その台詞には決定的な響きがあった。目つきがきびしくなる。「牢に入れることができたのは幸運と策略のおかげだが、皆でなんとかやってのけた」

「皆で」シオニーは繰り返した。「ひとりじゃなかったのね」

「ああ。内閣はひとりきりで切除師を追跡させたりしない」三角巾をちらりと見おろす。

「でも、あいつは前にも牢屋に入ったことがあるんでしょう」

エメリーは眉をひそめた。「ああ」

「そして逃げ出したわ」

「今回は違う」と請け合い、吐息を洩らす。「残りはあとで話そう。けりがついたら」

「約束ね？」

「約束だ」

シオニーはしばらく天井をながめていた。やがてエメリーは椅子を後ろにずらして立ちあがった。

「ご両親と連絡をとって、きみの書類を仕上げてくる」

シオニーはその手を握ってひきとめた。「話さなくちゃいけないことがあるの」

眉があがったが、相手はなにも訊かずに椅子へ戻った。

シオニーはぎゅっと唇を結び、ちらりと目をやって誰もこっそり近寄ってきていないことを確かめた。「あいつはやりとげたの、エメリー。ガラスとの結合を解いたの。グラスは切除師として死んだわ。グラスは……デリラの血と結合したのよ」

エメリーは顔をしかめた。「そうではないかと恐れていた。解剖――受け取った情報から判断して」

「でも、わたしも自分の結合を解いたの」シオニーはささやいた。「わたしは玻璃師なのよ、エメリー」

相手は信じられないという顔で体を離した。「きみは重傷を負った、シオニー。ひょっとしたら――」

「鏡を貸して」と応じる。「証明できるから」

エメリーはしばらく視線を合わせていたが、とうとう椅子から立ってその場を離れた。一分後、金属の柄の先端についた小さな鏡を持って戻ってくる。歯医者が歯の裏側を見るときに使う道具に似ていた。

シオニーはそれを受け取った。デリラがしていたようにちっぽけな鏡のふちにさわって命じる。「映し出せ」

エメリーに返すと、鏡の新たな映像を見たエメリーは眉根を寄せた。デリラの姿――ビストロで一緒に食事をした日のような笑顔が映っている。ふたりの世界がひっくり返される直前。シオニーはかろうじて助かり、デリラは暗闇に沈んでいった。

エメリーは鏡をおろした。「どうやって?」とたずねる。「だが、むしろ知りたくないかもしれないな」

「自分の物質の原料と結合するの」シオニーはささやいた。「わたしはアヴィオスキー先生の鏡の間の床板でやったわ。次に自分自身と、そのあとまた新しい物質と結合する。それで結合が解けて新しい結びつきが確定するの。またできると思うわ。できるといいけど。玻璃師にはなりたくないもの。でも、砂がいるの」

「砂」エメリーは考え込むように繰り返した。

シオニーは横向きになってエメリーの腕をつかんだ。「お願い、誰にも言わないで」と懇願する。「こんな知識が悪人の手に渡ったら……ねえエメリー、切除師がそんな魔術でなにをすると思う? それでなくても力があるのに」

椅子の上にぐんにゃりと崩れたデリラを思い浮かべ、その記憶を押しやった。喉にひりひりするかたまりがこみあげる。

「報告すべきだ」エメリーは椅子に腰をおろして言った。「だが、無理強いはしない。それに他言するつもりもない」

シオニーは長々と息を吐き出した。「ありがとう」

エメリーはうなずいた。つかまれた腕を引き、互いの指をからませる。

「命を助けてもらったわ」シオニーはつぶやいた。「デリラが助けてくれたの。わたしが使うことになるなんて知らずに術を教えてくれたから。それがなければ死んでたわ。アヴィオスキー先生もよ。グラスは先生の心臓をほしがってた」

グラス。シオニーはみぶるいした。

「わたしはどうなると思う？」とたずねる。

エメリーが身を寄せた。「どういう意味だ？」

「わたし……わたしはあいつを殺したのよ、エメリー」とささやく。「突き刺して、そのガラスを砕いたの。わたしがグラスを殺したのよ」

「一流の魔術師の命と同時に自分の命を救ったわけだ」エメリーは答えた。手を離してシオニーの頬をなでる。「どちらかといえば、シオニー、賞讃されるだろうな」

胃がねじれた。「賞讃されたくなんかないわ」

「ではそんなことにはならない」エメリーは約束した。「今日はなにもかも終わった。家に帰ろう、きみが望むなら。ふたたび紙と結合できるなら」

シオニーはうなずいた。「そうしたいわ。それにできるはずよ。きっとうまくいく」

エメリーは立ちあがり、身をかがめてシオニーの額から髪をかきあげた。

「行って手はずを整える。すぐに戻ってくるから、そうしたら一緒に家へ帰ろう」

シオニーはうなずいた。心がほんのりと温かくなる。そのぬくもりにすがりつき、大切に胸にしまいこんで、立ち去るエメリーを見送った。紙の魔術師エメリー。どんなにあの人がいとおしいことか。

低くうめきながら体を起こして座った姿勢になり、水差しに手をのばす。だが、途中で止めて、さしのべた手をながめた。グラス・コバルトを殺したガラスを握っていた手。自分を玻璃師にした手。

その手を顔に近づけ、一本の指で傷痕があるはずの手のひらと指の節をたどった。いまは玻璃師だが、今晩はまた折り師に戻っているはずだ。

そしてシオニーは、グラスが何年も苦労して発見した秘密を握っていることに気づいた。現存する魔術師は誰も存在を知らない秘密、結合を解いて新たに絆を結び直す秘密を。シオニーは折り師だ——ずっと折り師でいるだろう——だが、玻璃師にもなれる。あるいは念火師にも、練り師にも、可塑師にも。精錬師にさえなれるのだ。

こぶしを握りしめ、ベッドの上で身をよじって、背後の窓から外を見渡す。病院の庭と、その向こうのずらりと車のバンパーが並ぶ通りを。秋の最初に色づいた木の葉が夏の風にあおられて宙を舞った。そのときシオニーは悟った。

今日からなんでもなりたいものになれるのだ。

訳者あとがき

〈紙の魔術師〉三部作の第二巻『硝子の魔術師』（原題 *The Glass Magician*, 2014）をお届けする。

命がけの冒険から無事帰還したシオニーは、正式に紙の魔術師となるべく実習にはげんでいる。目下の悩みは師匠とのロマンチックな関係がいっこうに進展しないこと……ぐらいのはずだったが、やがて立て続けに危険な事件に巻き込まれる。はたしてシオニーを狙う人物の正体は？　そしてエメリーとの恋は？

今回はなんと、著者自身が日本語版に寄せてあとがきを送ってくれた。執筆に際してのエピソードや、著者ならではの解説を楽しんでいただきたい。ただし、『硝子の魔術師』の内容についてネタバレを含んでいるため、気になる方は本文を先に読むことをお勧めする。

著者あとがき——日本語版に寄せて

『硝子の魔術師』は、〈紙の魔術師〉三部作でわたしのいちばんのお気に入りの本だ。シリーズの第一巻がエメリーの心臓の内部でのできごとなのに対して、この巻は現実の世界で起きている。ライラのせいで置かれた特定の状況を離れてキャラクターを描くことができたし、第一巻で始めたラブストーリーを続ける機会をようやく得た。『硝子の魔術師』の最初の原稿は非常に短かった。出版するには短すぎたので、遡ってつけたすことになった。本の最後にあるエメリー視点の場面はここからきている。シオニーのベルギーへの移動もだ。もとの原稿では、シオニーが納屋を離れた方法はきたときと同じだった——紙飛行機だ。実のところ、エメリー視点の場面は三カ所あったが、余分だと思われたため、二カ所を削った。その削除された場面は、わたしのウェブサイトcharlienholmberg.comで閲覧できる。

この三部作で大いに気に入っていることのひとつは題名の仕掛けだ。たとえば『紙の魔術師』とは誰のことを指しているのだろう？　シオニーか、それともエメリーだろうか？　物語の中でシオニーは紙の魔術師になるが、ストーリーの焦点はベテラン折り師のエメリーに置かれている。わたしは『硝子の魔術師』でも同じことをする機会を得た。これは誰についての物語だろう？　最初はアヴィオスキー師かその実習生デリラのことだと思うかもしれない。読者が知っているガラスの魔術師はこのふたりだけだからだ。しかし、結末では、この題名はグラスとセオニー両方に言及しているといえる。題名の曖昧さに意図したようなおもしろさが含まれているといいのだが。

こう考えてくると、疑問が生まれる。第三巻ではなにが起こる？　その題名（訳注・原題は *The Master Magician*）には別の意味があるのだろうか？　そして、ライラにいったいなにが起きたのだろう？

答えられるのはこれだけだ——続きを読んでみてほしい。

訳者略歴　早稲田大学第一文学部卒，英米文学翻訳家　訳書『紙の魔術師』ホームバーグ，『ミス・エルズワースと不機嫌な隣人』コワル，『仮面の帝国守護者』タヒア（以上早川書房刊），『白冥の獄』ヘイル，『うちの一階には鬼がいる！』ジョーンズ他多数

HM=Hayakawa Mystery
SF=Science Fiction
JA=Japanese Author
NV=Novel
NF=Nonfiction
FT=Fantasy

硝子《がらす》の魔術師《まじゆつし》

〈FT596〉

二〇一八年一月十日　印刷
二〇一八年一月十五日　発行
（定価はカバーに表示してあります）

著者　チャーリー・N・ホームバーグ
訳者　原《はら》島《しま》文《ふみ》世《よ》
発行者　早川　浩
発行所　株式会社　早川書房
郵便番号　一〇一 - 〇〇四六
東京都千代田区神田多町二ノ二
電話　〇三 - 三二五二 - 三一一一（大代表）
振替　〇〇一六〇 - 三 - 四七七九九
http://www.hayakawa-online.co.jp

乱丁・落丁本は小社制作部宛お送り下さい。
送料小社負担にてお取りかえいたします。

印刷・中央精版印刷株式会社　製本・株式会社明光社
Printed and bound in Japan
ISBN978-4-15-020596-6 C0197

本書は活字が大きく読みやすい〈トールサイズ〉です。